내 마음의 균형을 찾아가는 연습

일·사랑·관계 때문에 괴로운 당신을 위한
52개의 작은 습관들

내 마음의 균형을
찾아가는 연습

초판 1쇄 인쇄 2018년 12월 12일
초판 1쇄 발행 2018년 12월 19일

지은이 레이첼 켈리
옮긴이 신솔잎

책임편집 김소영
홍보기획 문수정
디자인 신묘정

펴낸이 최현준·김소영
펴낸곳 빌리버튼
출판등록 제 2016-000166호
주소 서울시 마포구 양화로 15안길 3 201호(윤현빌딩)
전화 02-338-9271 | **팩스** 02-338-9272
메일 contents@billybutton.co.kr

ISBN 979-11-88545-38-4 03810

이 도서의 국립중앙도서관 출판예정도서목록(CIP)은 서지정보유통지원시스템 홈페이지(http://seoji.nl.go.kr)와
국가자료공동목록시스템(http://www.nl.go.kr/kolisnet)에서 이용하실 수 있습니다.(CIP제어번호:CIP2018039208)

내 마음의 균형을
찾아가는 연습

일 · 사랑 · 관계 때문에 괴로운 당신을 위한 52개의 작은 습관들

레이첼 켈리 지음
신슬잎 옮김

빌리버튼 billybutton

내 마음 안의
고요하고 평화로운
공간을 찾아서

김도연 | 심리학 박사, 마인드플니스 심리상담연구소 대표 |

마음의 균형을 찾아간다는 것은 무엇일까요?
일상에서 우리는 삶의 다양한 맥락을 견디고
끌어안으며 나름의 주어진 고통을 견뎌나가고
있습니다. 어찌 보면 고통이란 삶에서 지극히
본질적인 측면일 수 있습니다. 이는 피해갈 수 없는,
그렇기에 우리가 기꺼이 수용하고 허락해주어야
하는 삶이 주는 사실의 측면입니다. 고통스런 삶의
일과를 마주하게 되면 복잡한 생각과 흔들리는
감정으로 인해 마음의 균형이 깨지는 혼란스러움이
일어납니다. 심리학에서는 이를 심리적 항상성의
불균형이라고 말합니다. 여기서 우리는
'항상성'이라는 의미를 잘 이해해야만 합니다.

이는 좋은 상태, 평안한 상태를 유지하는 것을
뜻하지 않습니다. 어찌 보면 긍정적인 내적 상태를
추구하고자 하는 우리의 욕구는 지극히 타당할
수 있습니다. 그러나 가만히 보면 이 또한 마음의
갈망일 수 있으며 고통에 대한 저항일 수 있습니다.
고통이 없기를 바라는 것이 아니라 현존하는
고통을 받아들이며 자신을 연민으로 보듬어주는
자기 돌봄의 노력들이 필요합니다. 자신이 겪는
매순간의 실제 경험과 함께 머무르며 마음의 균형,
즉, 심리적 항상성의 공간을 열어 나가는 것이
중요합니다. 그런 점에서 이 책의 저자는 우리가
흔히 맞닥트리게 되는 관계, 일, 가족 등의 삶의
지점에서 겪게 되는 다양한 심리적 곤란을 어떻게
조율하는지에 대한 지혜로운 52가지의 방법들을
소개하고 있습니다. 충분히 공감이 가는 삶의
에피소드들은 액자처럼 저자의 삶을 바라보게 하는
것이 아니라, 마치 나인 듯한 착각을 불러일으키며

어느새 동화되어 저자의 창으로 일상을 함께하도록
이끌어갑니다. 고통을 위로하는 마법 같은 'HOW'
기법들은 자기 돌봄이란 화두에 갇힌 나에게
명료한 통찰과 위안을 안겨주며, 두려움과 부정적인
감정에서 우리를 지켜주는 마음의 안전한 피난처가
바로 내 마음속에 있음을 깨우쳐줍니다. 누구든지
깨어있는 마음을 키울 수 있음을 보여주며, 쉽게
익힐 수 있는 다양한 방법들을 부드러운 목소리로
되새겨주는 한 문장, 한 문장을 함께하다 보면
어느덧 마음 안에 고요하고 평화로운 내적 공간이
찾아옴을 느끼게 됩니다. 모쪼록 지혜의 향기가
스민 이 책이 여러분의 일상에 치유와 회복의 좋은
열림이 되기를 바라며, 매일의 삶을 있는 그대로
맞이할 수 있도록 새삼 일깨워준 저자의 수고와
정성어린 노력에 깊은 감사를 전합니다.

늘 불안한 내 마음,
균형 찾기 연습으로 다스리다

나는 이 책에 1년 동안의 기록을 바탕으로 마음의
평안과 행복에 이르는 방법을 담았다. 나는 마음이
평온한 상태일 때 행복을 느낀다. 내게 이 두 가지
마음 상태는 동의어나 다름없다.

나는 심각한 우울증을 극복한 경험이 있다. 마음의
병을 앓으며 썼던 일기와 편지를 바탕으로《블랙
레인보우Black Rainbow》라는 책을 출간하기도 했다.
그 책을 출간한 이래, 나는 꾸준히 상태가
좋아지고 있다. 편지와 일기를 쓰는 습관도 꾸준히
유지해왔다.

때문에 이번 책은 지난번과 달리 무겁고 어두운 주제에서 벗어나 프로이트가 '일상적인 불행'이라 부른 마음의 상태-우울증이라기보다는 우리의 일상생활에서 필연적으로 찾아오는 감정기복-를 이겨내는 데 도움을 주었던 것들에 대해 담아낼 수 있었다. 요즘 나는 대체로 안정되고 괜찮은 상태를 유지한다. 가끔은 구름 위를 걷는 듯한 행복감을 느끼기도 한다.

나는 운이 좋았던 덕분에 새로운 행복을 찾을 수 있었다. 첫 책을 출간한 이후 편지와 이메일을 통해 기꺼이 본인의 이야기를 내게 공유해준 독자들이 있었다. 그들을 만난 것은 내게 큰 행운이었다. 좀 더 행복한 삶을 만드는 데 도움이 되는 방법을 소개받아 실제로 활용했고, 이 책에도 담았다. 뿐만 아니라 정신건강 단체나 학교, 대학, 기업 등에서 연사로 발언할 기회가 있었기에 워크숍을 진행하며 배운 내용도 함께 책 속에 소개했다.

《내 마음의 균형을 찾아가는 연습》은 지난 1년간
내가 직접 경험하고 내 지인들에게도 효과가
있었던, 마음을 건강하게 만드는 52가지의 소소한
방법을 모은 책이다. 나는 이 책에 더욱 행복한 삶,
의식적인 삶에 이르는 비법을 담았다.

여기에 소개된 52가지의 방법이 행복과 직결되지는
않지만 하나씩 따르다보면 일종의 부산물처럼
행복이 찾아온다. 바로 행복의 모순이 발생하는
지점이다. 행복은 머릿속의 스위치를 올리면 불이
들어오듯 찾아오는 것이 아니다.
행복이란 정원 가꾸기나 남을 도울 때처럼 우리가
한 행동이나 생각의 간접적인 결과물로 얻어지는
것이다. 행복에 관해서라면 오히려 아주 사소한
방법들이 큰 힘을 발휘한다. 이런 소소한 방법은

쉽게 실천할 수 있을 뿐 아니라 차곡차곡 쌓여

나가기 때문에 조금의 반동 없이도 내 삶을

변화시키는 힘이 있다. 예전에 너무 거창한 방법을

시도했을 때는 목표를 높게 잡은 탓에 패배감만

느꼈다.

행복에 이르기 위해서는 계절에 따라 우리를

유난히 힘들게 하는 것들이 무엇인지 깨닫는 것도

중요하다. 학부모인 나는 아이들의 학교 일정으로

인해 심적 어려움을 느낄 때가 있다. 크리스마스

시즌에는 담뱃갑에 붙은 경고문처럼 내게도 건강

주의 경고가 필요하다는 생각이 들 정도로 힘이

든다. 또한 나는 날씨와 햇볕의 양에도 영향을 많이

받는다.

이 책은 다양한 아이디어를 재료로 한 샐러드

접시와도 같다. 독자들은 자신에게 맞는 방법을

직접 입맛에 맞게 고를 수 있을 것이다.

이 책에는 음식에 대한 생각, 호흡에 대한 고찰,
약간의 철학적 사색, 기도문과 시 몇 편, 내게 힘을
주었던 글귀와 내가 실천하는 훈련법, 한 줌의
마인드풀니스mindfulness(적극적으로 현재의 순간에
집중하는 것-옮긴이)가 담겨 있다. 불교적 가르침인
마인드풀니스는 명상과 호흡에 기반하여 삶을
대하는 태도로, 내가 삶의 템포를 늦추고 여유를
찾는 데 큰 도움을 주었다.

뿐만 아니라 이 책은 기초적 생물학 지식도
다루고 있다. 짧게 소개해보자면, 다음과 같다.
휴식을 취하지 못하면 우리의 몸은 부신 체계에서
예비 에너지를 끌어와 소모한다. 포식자에게서
도망치거나 먹이를 쫓는 상황에서는 굉장히 유용한
시스템이지만 일상생활에서는 결코 이상적이지

않은 신체 현상이다. 부신 체계는 아드레날린과 코티솔의 분비를 관장한다. 이 호르몬들은 '투쟁 도피 반응(긴급한 상황에서 방어나 문제 해결을 위해 신체가 보이는 흥분 및 각성 상태-옮긴이)'을 이끌어내어 긴장 및 경계 태세를 유지하게 만든다. 뿐만 아니라 코티솔은 뇌에서 분비되는 기분 상승 호르몬, 즉 세로토닌의 흡수율을 낮춰 불안함을 쉽게 느끼는 상태로 만든다. 우리의 몸은 기본적으로 스트레스를 수용하도록 설계되었지만 그것은 짧은 시간 동안만 가능하다. 오늘날 대다수의 사람들이 겪고 있는, 24시간 내내 정신없이 밀려드는 스트레스가 위험한 이유가 여기에 있다.

이 책에 소개된 방법 중 단 한두 가지만이라도 당신이 삶의 속도를 늦추고 더욱 행복한 곳에 가까워지는 데 도움이 되기를, 그래서 구름 위를

걷는 그 사랑스러운 기분을 당신이 가끔은 느껴볼

수 있기를 바란다.

런던에서, 레이첼 켈리

1장 봄

2장 여름

3장 가을

4장 겨울

봄

3월 · 4월 · 5월

봄이란 설사 눈 녹은 진창물에 발이 빠졌다 하더라도
휘파람을 불고 싶은 때이다.

– 더그 라슨 Doug Larson, **칼럼리스트 겸 작가**

1

**봄을
알리는
신호**

봄은 다양한 신호로 찾아온다.

나무는 높아지고 건초 산은 낮아진다.

오래된 건초 더미를 쌓아올려 만든 산, 건초의 흔적은

낡은 유물의 빛바랜 파편처럼 빛난다.

햇살이 고개 내민 곳, 그 따뜻하고 안온한 곳마다

어린 미나리아재비가 서둘러 피어나고

반짝이는 별 하나 혹은 둘, 잇달아 움틔우며

블랙손 나무를 따라 금빛 물결을 이룬다.

언덕 너머로 달아나는 작은 양 한 마리

꼬리를 흔들며 암양을 맞이하고,

바람을 피한 또 다른 양 한 마리

죽은 듯 몸을 길게 늘어뜨려 내게 곁을 허락한다.

조금의 미동도 없이 그저 햇볕 아래 몸을 누인 양은
땅을 딛고 서지 못하는 것처럼 두 다리를 늘어뜨렸다.

존 클레어John Clare는 〈어린 양들Young Lambs〉이라는
이 시에서 봄을 부활의 시기로, 무엇이든 가능할
것만 같은 시기로 찬양했다. 나는 이 시를 읽을
때면 마음이 차분해지고, 주변을 더욱 주의 깊게
살펴보고 감사히 여겨야겠다는 생각이 든다. 바쁜
삶에 치여 경황이 없을 때면 내가 잊고 사는 것들
말이다.

클레어는 새로운 계절이 찾아오는 모습을 세심한
묘사로 사랑스럽게 표현했다. '여린 미나리아재비가
서둘러 피어난' 광경은 '반짝이는 별 하나 혹은
둘'로 그렸다. 봄을 맞아 새로 땅을 일구기 위해
작년의 건초를 치운 자리에는 빛나는 '흔적'만
남아 있다. 새로운 희망과 탄생을 알리는 계절 속에

겨울의 잔재는 '낡은 유물의 빛바랜 파편처럼'
어색하기만 하다.

양 한 마리가 경중거리며 시인 앞으로 달려와
'꼬리를 흔든'다. 햇볕 아래 누운 또 다른 양 한
마리는 '땅을 딛고 서지 못하는 것처럼 두 다리를
늘어뜨리고' 클레어가 가까이 머물도록 허락한다.
클레어에게 봄이란 갓 태어난 동물이었다. 아무런
근심도 걱정도 없는 이 어린 동물은 시인이 가까이
다가가도 몸을 늘어뜨린 채 누워 따뜻한 햇볕을
즐긴다. 클레어의 시 속, 일광욕을 하고 있는 어린
양의 모습을 상상할 때면 내 얼굴에는 항상 미소가
번진다.

2

**통제하고픈
욕심은
질문으로
전환하자**

희망이 가득한 3월의 아침이다.
하늘은 맑고 태양은 눈부시다. 나는 아이들과
함께 집을 깨끗이 청소하고 싶은 마음이 들었다.
아이들은 영 내키지 않는 눈치였다.《버드나무에
부는 바람The Wind in the Willows》속 두더지처럼 '봄맞이
대청소 따위 때려치워!'라는 눈빛이었다.
내 생각과는 다른, 새로운 생각을 받아들여야 할
때 나는 속으로 만트라를 외운다. 오늘과 같은
상황에서 내가 곱씹는 만트라는 '통제하고픈 욕심은
나를 향한 질문으로 전환하자'이다.

통제는 내면의 불안감과 깊이 연관되어 있다.

나는 보통 내가 불안함을 느낄 때, 그리고
아이러니하게도 내 자신이 통제력을 잃을 때
타인을 통제하려 든다. 그래서 이제는 다른
사람에게 이래라 저래라 말하고 싶은 순간이면 나
자신에게 그 이유를 묻는다.

현실을 있는 그대로 받아들이지 못하고 내가 원하는
방향으로 상황을 지배하고 싶을 때 나는 내가 할
일을 주변 사람들에게 전가한다. 그렇기에 타인을
휘두르고 싶은 마음이 들 때는 차라리 모든 것을
멈추고, 심호흡을 한 후 내 안의 욕심을 나를 향한
질문으로 바꾸는 것이 모두에게 이롭다. 나는 왜
다른 이들이 청소를 도와주길 원하는가? 그런
마음이 드는 이유는 무엇인가? 내가 불안감을
느끼기 때문이다. 질서 있게 정돈된 환경 속에서 내
마음이 평온해지기 때문이다.

통제하고 싶은 마음을 요행히 떨치고, 모든 일이
순리대로 흘러간다고 믿을 때 비로소 나는 현재의
순간을 더욱 충만하게 누릴 수 있다. 비록 지금
당장이 아닌 30분쯤 지난 후가 되겠지만, 결국 우리
가족은 청소를 시작할 것이다. 가족 중 누군가가
내 예상과 다르게 행동한다 해도 기분이 상하는
대신 나 자신에게 화가 난 이유를 다시 물으면 된다.
그래야 비로소 내가 자유로워질 수 있다.

3

**도움의
손길**

오늘은 우리 집에서 그리 멀지 않은 남자 교도소의
교육과에서 자원봉사를 하는 날이다. 빅토리아풍의
붉은 벽돌로 된 낡은 건물 여러 채 안에 자리한
곳이다. 교육과의 요청에 따라 내가 할 일이
정해진다. 오늘 아침에는 교도소 잡지에 실릴
인터뷰를 미리 준비하는 수업을 진행하기로 했다.
평소에는 시 쓰기 워크숍을 진행한다. 시 쓰기는
남성들이 쉬이 표출하기 어려운 내면의 감정을
발산시키는 통로가 된다. 이상하게 들리겠지만
사랑을 시제로 선택하는 수감자들이 가장 많다.

자원봉사자 팀과 교도소 직원, 수감자 열 명이

한 방에 모여 수업을 한다. 경직된 분위기 속에
수감자들이 무관심한 태도로 일관할 때는 수업이
쉽지 않지만, 보통은 경쟁하지 않는 느슨한 분위기
속에서 참석자들 모두 뚜렷한 목표의식을 갖고 서로
협조하는 모습을 보인다.

딱딱한 수업 분위기 속에서도 수감자 한 명이
진실한 마음을 담아 시 한 편을 완성할 때면
공기가 일순간 바뀐다. 모두 하나가 되는 마법
같은 순간이다. 그 순간만큼은 오로지 시 한 편만이
존재한다. 교도관도, 우리가 들었던 안전 교육도,
교도소를 방문하는 사람은 수감자들에게 언제
어디서든 갑자기 인질로 잡힐 수 있으니 조금도
방심해선 안 된다는 두려움도 모두 잊는 순간이다.

내면의 걱정에 사로잡히면 타인에게 마음을 열기가
어려워진다. 가끔씩은 타인에게 쏟을 눈곱만큼의

여유조차 없을 때가 있다. 하지만 내 안의 걱정과
두려움만 극복해내면 새로운 행복을 발견할 기회를
마주한다. 자원봉사를 다녀올 때마다 나는 새로운
배움을 발견하거나 이제 막 탄생한 신예 작가 한
명을 만난다. 이들이 수업 시간에 나에게 들려주는
시 한 편은 내 가슴을 가득 채워준다.

4

**온전히
현재를
의식하는
순간들**

골치 아픈 회의 중간에 손을 씻으러 나왔다.
다시 회의실로 돌아가는 길에는 마음이 한결
안정되어 있었다. 비결이 있다.

정신없는 일상을 보내다가도 '의식적 행동'을 하면
긴장을 푸는 데 도움이 된다. 몇 년 전 나는 내
의식적 행동으로 손 씻기를 골랐다. 머리를 빗거나
양치를 하는 등 무엇이든 본인이 무의식적으로
행하는 행동 하나를 선택하면 된다.

지치고 피로할 때 자신만의 의식적 행동을 하면
현재의 순간에 다시금 집중할 힘을 얻는다.

마인드풀니스mindfulness, 즉 지금의 순간을 있는
그대로 의식하고 자각하는 것이 삶을 살아가는 데
중요하다는 사실을 입증하는 사례는 무척 많지만,
문제는 보통의 경우 이런 의식적 행동을 실행할
시간을 찾기 어렵다는 것이다. 때문에 우리는 이미
형성된 습관에 의식적 행동을 더해나가는 훈련을
해야 한다.

내 손에 차가운 물이 떨어지는 느낌, 세면대에 물이
튀며 나는 소리, 비누의 향기, 비누거품이 잔뜩 묻은
두 손을 온몸으로 의식한다. 바쁘게 돌아가는 일상
속에서 나는 이 기분 좋은 육체적 감각에, 그 순간에
집중한다. 세면대 앞에서 삶의 기적을 마주하는
순간이다. 단순히 손을 깨끗이 씻는 의식이 중요한
것이 아니라, 이 행위에 전념하고 이 시간을 온전히
즐길 여유를 마련한다는 것이 핵심이다.

손 씻기는 나만의 평화로운 안식이 될 뿐 아니라 안경을 깨끗이 닦을 말미를 주기도 한다. 안경을 닦고 나면 말 그대로 세상이 더욱 명확하게 보인다. 안경닦이는 내 두 번째 의식적 행동이다.

이렇게 행동을 하나씩 늘려가다보면, 마침내 온전히 현재에 집중하는 기쁜 순간들로 자신의 일상을 가득 채울 수 있다. (안경닦이나 낙서같이) 회의 중간에 자리를 벗어나지 않고도 실천할 수 있는 의식적 행동을 여러 개 만들어두면 상황에 따라 적절한 대안을 고를 수 있다.

5

**유용하거나
아름다운 것들만
남겨둘 것**

아직도 봄맞이 대청소가 진행 중이다.

찬장을 정리할 때면 내 마음을 정리하는 기분이 들

뿐 아니라 내가 보관하기로 결심한 물건의 가치를

다시금 음미하게 되기도 한다. 일말의 자비도 없는

봄볕은 온 집 안 구석구석 어질러진 물건 위의

먼지를 적나라하게 비춘다. 제 몫을 다한 겨울

코트와 부츠, 러그, 쿠션, 장난감, 책, 여러 벌의 카드,

홀로 내버려진 체스 말들, 주전자, 빈 병들 그리고

잡동사니들이 가득하다. 19세기 화가이자 디자이너,

작가인 윌리엄 모리스^{William Morris}가 1880년에 한 말,

'유용하거나 아름다운 것들만 남겨두라'는 조언을

마음에 새겨본다.

그러나 깔끔한 공간과 마음의 평안을 얻기 위해
무엇을 과거의 유산으로 남겨야 할지, 무엇을
단순한 소유물로 분류해야 할지 가려내는 작업은
까다롭기만 하다. 물건을 잘 버리지 못하는 나 같은
사람은 특히나 이 두 가지 사이에서 균형을 찾기가
어렵다. 가족 내력이다. 우리 할머니의 경우 혹시나
고양이를 들이게 될 때를 대비해 생쥐를 잡아
냉동실에 보관할 정도였으니까.

고심 끝에 나는 기준을 정했다. 내게 즐거움을
주거나 가족, 친구와의 잊을 수 없는, 생생한 추억이
남아 있는 물건은 보관하기로 했다. 이것들은
단순한 물건이 아니라 꿈을 품고 있는 물건이다.
쓰임새는 없을지라도 내게는 분명 아름다운
것들이다. 모호한 경우에는, 그 물건을 준 사람이
자신이 준 물건이 사라진 것을 발견했을 때 내가
난감함을 느낄 정도에 따라 운명을 결정했다.

어디에도 속하지 않은 물건에는 감사 인사를 전한 후 제 갈 길로 보내주어야 한다.

6

복잡한 생각을
정리해주는
기도의 힘

4월치고는 이상하리만치 더운 날이었고, 두꺼운
코트를 입은 나는 특히나 더위에 시달렸다. 크게
힘든 일이 있었던 것은 아니지만 버거운 하루를
보낸 뒤 신경이 날카로워져 있는 상태였다.
그러나 집으로 돌아가는 길, 서늘한 동네 성당에
들어서자 갑자기 안온함이 나를 감쌌다.
나지막하게 기도를 올리는 시간은 생각을 정리할
여유를 줄 뿐 아니라 바쁜 현대인의 삶을 잠시나마
잊게 해준다. 내가 제일 좋아하는 기도문을
암송했다. 성 테레사St. Teresa의 사망 후 그녀의
기도서에서 발견된 기도문이었다.

무엇에도 지치지 말고,

무엇도 두려워하지 말지니

모든 것은 다 지나갈지어다

하느님은 불변하시니

끊임없는 인내로

이기지 못할 것은 없을지어다

하느님과 함께하는 자는

아무것도 원하는 게 없으니

하느님만으로도 족할지어다

외우기도, 암송하기도 쉬운 이 기도문은 신의
존재를 깨우쳐주고, 종종 전지전능하다는 착각에
휩싸이는 우리가 실로 나약한 존재임을 다시금
상기시켜준다. 자신의 문제는 스스로 해결할줄
알아야 한다고 말하는 세상에서 우리가 맞닥뜨린
문제란 사실 우리가 어찌할 수 없는 게 대부분이다.
아는 것은 적고 이해할 수 없는 것은 많다. 종교를

막론하고 우리가 할 수 있는 일이란 그저 '끊임없는
인내'를 기르고 '모든 것은 다 지나갈지어다'라고
되뇌는 것뿐일 때가 많다.

그 안에 담긴 리듬감, 명료함 때문인지 이미 아는
내용임에도 기도문이 새삼 새롭고 신선하게
다가왔다. 성당 밖으로 나와 다시금 찬란한 햇빛
아래 섰다. 성 테레사는 내게 다시 한 번 평온을
가져다주었다.

7

**현재에
집중하게 해주는
세 단계 호흡법**

조금 전 딸아이가 호흡법에 집착하는 내가
한심하다는 듯 농담을 던졌다. 딸은 '우리가 숨 쉬는
방법을 깨우치지 못했다면 지금쯤 전부 죽었을
것'이라는, 너무도 당연한 생물학적 근거를 들었다.

"하지만 운동선수도, 가수도 호흡하는 법을
배우는걸."

나는 딸에게 대꾸했다. 우리가 의식적으로 호흡할
때, 정신과 몸은 하나로 연결되고 집중력도
높아진다. 어떻게 호흡하는지를 보면 어떤 사람인지
드러난다. 확장되고 열린 호흡법을 실행한 뒤에는

내 자신이 확장되고 열린 사람이 된 것 같다.

세 단계 호흡법을 통해 나는 현재에 온전히 집중할
힘을 얻고 내 몸과 훨씬 친숙해지는 경험을 한다.
잠깐의 여유와 조용히 앉아 있을 공간만 있으면
된다. 냉소적인 딸마저도 힘든 하루를 시작하기
전에는 이 호흡법을 수행한다. 각 단계별로 1분
정도의 짧은 시간이면 충분하다.

1단계

자리에 앉는다. 지금 내 감정 상태를 자세히 살핀다.
땅에 닿은 발, 피부에 닿는 옷, 심장 박동, 호흡에 담긴
리듬에 집중하며 자신의 몸을 인식한다.
머리에 떠오르는 생각에 주의를 기울이되 열린
마음으로, 어떤 판단이나 평가 없이 그저 단순한
호기심으로 바라본다. '계획', '걱정' 등으로 이름을
붙여 분류하는 것이 도움이 될 때도 있다. 그 후

개울물에 살포시 몸을 맡긴 채 둥둥 떠내려가는
나뭇잎처럼 머릿속 생각들을 조심스럽게 흘려보낸다.

2단계

이제 자신의 내부를 들여다보며 호흡에만 집중한다.
자세나 위치, 생각이나 호흡을 바꿔야 한다는 강박을
갖지 않아야 한다. 그저 들숨과 날숨, 그리고 호흡을
할 때 내 몸이 어떻게 움직이는지에만 집중한다.

3단계

이제 의식을 외부로 확장해 몸 전체를 살핀다. 내
몸의 감각과 마음속에 떠오르는 생각, 자신을 둘러싼
공간에 집중한다. 이때 생각이 전환되고 자신의
상황을 새로운 시각으로 바라보는 경험을 하게 될
것이다. 이제 천천히 주변 상황을 열린 마음으로
받아들이며 다시 일상으로 복귀하면 된다.

8

전원을
끄다

호흡법으로 면박을 준 딸이 이번에는
"레이첼!"이라고 내 이름을 크게 외쳤다. 내가
딸과의 대화에 집중하지 못하고 핸드폰을
들여다보고 있던 탓이다.

이 해프닝으로 나는 스마트폰 사용 습관을
고쳐야겠다고 각성했다. 스마트폰 사용자는
평균적으로 한 시간에 아홉 번 가량 핸드폰을
확인하는 것으로 드러났다. 사용자 가운데 3분의
1은 오전 7시 이전에 이메일을 확인한다고 한다.
화장실까지 스마트폰을 들고 가는 사람들도 있다.
과장된 이야기가 아님을 잘 알고 있다. 안타깝게도

내가 그렇기 때문이다.

스마트폰의 사용을 줄이기 위해 내가 가장 먼저 한 일은 현재의 상태를 정확하게 인식하는 것이었다. 스마트폰으로 더욱 창의적인 사람이 되고 내가 좋아하는 것들과 연결되길 바랐던 나의 소망과는 달리 내 집중력은 산만해졌고 내가 좋아하는 것들로부터 더욱 멀어지게 되었다.

결국 내가 선택한 방법은 아래와 같다.

1.

브라이트핑크색 케이스 위에 '사용주의'라고 적었다.

2.

지인 및 가족과는 만날 약속을 잡을 때에만 스마트폰 문자와 이메일을 사용하기로 했다.

3.

잠들기 한 시간 전에는 반드시 스마트폰을 끄기로 했다.

텔레비전과 컴퓨터, 스마트폰에서 방출되는
인공조명인 블루라이트는 우리의 뇌를 교란시킨다.
몸이 긴장을 풀고 휴식을 취해야 할 밤에도
블루라이트 때문에 우리의 뇌는 아직 대낮으로
인식한다. 전자기기의 화면을 꺼도 뇌의 각성상태를
즉시 잠재울 수는 없다. 저녁이 되면 스마트폰
스크린의 조도를 낮춰주는 앱도 많다. 그러나 나는
이런 앱을 사용하기보다는 앞서 내게 쓴소리를 했던
딸에게 부탁해 저녁식사 시간에 스마트폰 끄는 것을
알려달라고 할 생각이다.

9

종달새의 아침을
맞이하라

스누피처럼 나도 아침에 알레르기 반응을 보인다.
하지만 아침 일찍 일어나는 게 힘들어도 노력할
만한 가치는 있다. 올빼미로 사는 것보다 종달새로
사는 것이 내 정신건강에 훨씬 이롭다는 것을
깨달았기 때문이다.

과감하게 이불을 젖히고 몸을 일으키기 위해 오늘
아침 나는 이렇게 했다.

1.

억지로 몸을 일으켰다. 사실 이것 외에는 별다른 수가
없다. 나는 일반적인 사람들과 달리 행동을 먼저 한 후

동기를 찾는 사람이다.

2.

몸을 깨우는 느린 호흡법을 시행했다. 잠에서 깬 직후
떠오르는 생각은 많은 것을 말해준다. 마음의 온도는
어떤지, 간밤에 내 의식 표면 위로 올라온 생각은
무엇이었는지 드러난다.

3.

스트레칭을 했다. 내 몸에 대한 의식을 높여주고
신체적 한계에 대해 배워나가는 데 최고인 요가를
언젠가 시작해보고 싶다. 그러나 아직까지는
스트레칭만으로도 충분하다. 그나마 정통 요가 자세
중 내가 할 수 있는 '다운 독(엎드린 개 자세-옮긴이)'
스트레칭을 하고 있으면 우리 집 테리어가 어느새 내
곁으로 와 유유히 자신만의 스트레칭을 한다. 나와는
다르게 이 아이는 항상 즐거운 마음으로 하루를
시작한다.

4.

창문을 활짝 열었고, 어떤 사실 하나를 깨달았다. 내가
날씨를 온몸으로 느낄 때-특히나 비가 오거나 바람이
부는 날이면 날씨가 전해주는 강렬함이 더욱 커진다-
더욱 적극적으로 현재의 순간에 몰입할 수 있다는
사실이었다. 몸과 마음이 다시금 하나로 이어지고 내
자신이 더욱 조화로운 인간이 된 것만 같은 기분이
들었다.

5.

욕실 거울에 붙여놓은 맥스 어만 Max Ehrmann 의 〈내가
진정 바라는 것들 Desiderata〉 중 한 구절을 읽으며
큰 영감을 얻었다. '당신은 나무, 별과 다름없는 이
우주의 자녀이다. 존재할 이유가 충분하다.'

10

**긍정적인
생각을 하면
무엇이
달라질까**

아들을 데리러 학교에 갔을 때, 학교 선생님이 역사
수업 시간에 있었던 일을 이야기해주었다.

"피라미드를 만들려면 뭐가 필요할까?"

역사 선생님이 묻자 교실은 침묵에 휩싸였다고
한다. 곧 아들이 큰 소리로 대답했다.

"긍정적인 태도요."

천성이 긍정적인 아들과 달리 나는 때때로 내
안의 긍정적인 마음을 이끌어내기가 힘들다.

어두운 생각은 벨크로처럼 내 마음에 꼭 들러붙어 있고 긍정적인 생각은 테플론 코팅 처리가 되어 미끄러지듯 사라진다. 다만, 내가 어떤 사람인지 직시하는 것만으로도 도움이 되기는 한다. 긍정적인 태도의 장점이 무엇인지 한번 생각해볼 필요가 있다. 긍정적인 생각이 수술을 받은 뒤 회복하는 속도부터 인간의 수명에까지 영향을 미친다고 주장하는 사람들도 있다. 긍정적인 사람은 그렇지 않은 사람에 비해 약 10년을 더 산다고 한다.

'끌어당김의 법칙'에 대해 말하는 이들도 있다. 우리가 외부로 발산하는 에너지에 따라 타인의 반응과 우리 삶에서 벌어질 일의 방향이 달라진다는 것이다. 웃어라, 그리하면 세상도 너와 함께 웃을 것이다.

이런 이유들로 내 뇌를, 이따금 조바심에

사로잡히는 내 마음을 조금씩 낙관적인 상태로
전환하기 위해 노력하고 있다.

내가 가장 많이 활용하는 방법은 이렇다.
우선, 나도 모르는 새 걷잡을 수 없이 퍼져나가는
부정적인 생각들을 알아차리는 것이다. 그렇지
않으면 깊은 우울함의 나락으로 떨어지고 만다.
그 뒤 이 생각들은 모두 사실이 아니라고 되뇐다.
부정적인 생각들은 마땅히 의심해야 한다. 알고
보면 그중 대부분이 잘못된 추측에서 비롯된
것들이다.
그럼에도 여전히 머릿속을 떠나지 않는다면 나는
깊은 들숨과 함께 기꺼이 그 생각들을 받아들이려고
한다. 그리고 날숨과 함께 내가 처한 문제나 상황을
조금 더 좋게 받아들일 방법이 있는지 고민한다.

가령 오늘 아침 나는 공포라는 이름의 깊고 어두운

감정을 들이마셨다. 그러나 숨을 내뱉음과 동시에, 두려움을 경험한 지금 나와 비슷한 처지에 놓인 사람들을 조금 더 깊이 공감할 수 있게 되었다는 긍정적인 생각이 찾아왔다.

그리고는 날숨이 더욱 가벼워진 밀도로, 빛나는 자태로 내 몸에서 빠져나간다고 상상했다. 우리는 무의식적으로 먼저 부정적인 생각부터 하게 되지만, 나쁜 점보다 좋은 점을 떠올리기 위해 적극적으로 노력한다면 긍정적인 생각 또한 자연스럽게 찾아온다. 어쩌면 나도 언젠가는 피라미드를 세울 수 있을지 모른다.

봄 : 3월 4월 5월

11

**나를 행복하게 하는
말하기 습관**

내 행복이 사람과의 관계에 크게 좌우된다고
생각하는 만큼, 나는 행복한 인간관계를 유지하기
위해 타인과 의사소통하는 방식에 더욱 주의를
기울이려고 노력하고 있다.

몇 년 전 어느 오후, 감기몸살로 고생하던 중 다른
사람의 이야기에 집중하지 못했던 때를 떠올리면
아직도 얼굴이 화끈거린다. 동료는 크게 웃으며
정말이지 솔직하게, 내 청각에 문제가 있는 것이
아니라 듣는 태도에 문제가 있다고 꼬집었다.

나는 누군가와 대화를 할 때면 상대방의 이야기에
집중하지 않고 내가 해주고 싶은 말을 머릿속으로
정리하는 습관이 있다.

그래서 이제는 어떠한 과장도 절제도 없이 꼭
필요한 내용만 말하고, 상대의 말에 동의도 부정도
표하지 않은 채 그저 듣고자 노력한다. 내가 하는
말과 사용하는 단어에 더욱 신중을 기하게 된
후로는 한결 균형 잡힌 시각을 유지할 수 있다.

타인에게 반대의사를 표할 때는 '내가 틀릴 수도
있지만…' 혹은 '네 말이 맞을 수도 있지만…'으로
시작한다. 그렇게 하면 순식간에 대화의 템포가
느려지며 침착한 자세와 이성적인 태도로 상대와
의견을 나눌 수 있는 분위기가 조성된다.

내 감정을 표현하고 싶을 때는 '난 슬퍼'보다는
'슬픈 마음이 들어'라고 전달하는 편이 낫다. 내가
슬픔이라는 감정이 아닐뿐더러, 그 감정 상태에
계속 머물 것도 아니기 때문이다. 감정은 일시적인
현상일 뿐이다.

나는 '절대'와 '항상' 같은 단어를 쓰는 데도
조심한다. '난 운동을 절대 안 해'라고 말하는 대신
'이번 주는 운동을 한 번도 못했어'라고 말하는
편이 더욱 정확하기도 하고, 이번 주는 그랬지만
내일은 새로운 하루가 시작된다는 희망을 내포하기
때문이다. '항상'이란 단어를 '가끔씩'이라고
고쳐 말하면 변화의 가능성을 시사하는 표현이
된다. 나 자신에 대해 말할 때뿐 아니라 타인을
관찰하고 묘사할 때에도 효과적인 대화법이다.
가령 누군가에게 '항상 신중하지 못하다'고 말하는
것보다 '가끔 신중하게 행동하지 못할 때가 있다'고
말하는 것이 훨씬 부드럽게 들린다.

12

**습관 쌓기의
힘**

후덥지근한 날씨가 계속되던 어느 날, 자전거로
15분을 달려 내가 가장 좋아하는 커피숍으로
향했다. 누구나 그렇듯, 괜찮은 커피 한 잔을 위해서
나 역시 그 정도의 육체적 수고를 감내할 용의가
있다. 그러나 필요한 만큼의 충분한 운동을 하는
데는 굳은 결심이 필요하다. 이때가 바로 '습관
쌓기'의 기술이 빛을 발하는 순간이다.

커피를 마시는 것처럼 일상 속 깊숙이 자리 잡은
행동에 자전거 타기와 같은 새로운 습관 하나를
더하는 것이다. 하룻밤 새 운동을 열심히 하는
사람으로 새롭게 변신하길 바라는 것보다 이미

형성된 루틴에 새로운 습관 하나를 추가하는 편이
훨씬 효과적이다.

습관 쌓기는 인간의 본성을 거스르지 않는다는
점이 좋다. 인간은 귀찮고 번거로운 일을 기피하는
경향이 있다. 우리가 변하지 못하는 이유는
본질적으로 변화를 거부해서라기보다는 새로운
행동양식을 따라야 한다는 것을 잊거나 그것을
수행할 여유를 내기 어려워서인 경우가 많다.

우리에게 득이 되는 행동이 무엇인지는 누구나 잘
알고 있다. 혹시나 헷갈릴 때는 자신에게 도움이
되는 습관과 그렇지 않은 습관을 적어보면 된다.
다행스럽게도 습관의 힘은 나쁜 습관에만 통하는
것이 아니기 때문에 좋은 습관도 한번 몸에 배면
웬만해선 사라지지 않는다. 인간관계부터 여가
시간을 보내는 방법, 심리적, 육체적 건강에 관련한

습관도 마찬가지다.

나는 요즘 밤에 양치를 한 후 물 한 잔을 마시는
습관을 더했다. 밤새 탈수 증상에 시달리지 않기
위해서이다. 가능한 자주 운동하는 습관을 들이기
위해 운동화는 현관문 앞에 꺼내놓았다. 건강한
식습관을 갖기 위해 몇 가지 습관을 추가한 데 더해
158센티미터의 손에 닿지 않을 높은 선반으로
과자를 옮기기도 했다.

13

**감사한 일
세 가지
꼽기**

5월 말의 흐린 아침, 나는 친구와 특별한 아침식사를 함께했다. 가까운 레스토랑에 가니 미소가 멋진 웨이터가 코너 쪽 테이블로 우리를 안내했다. 주문한 포리지에는 꿀과 블루베리, 건포도가 올려져 있었다. 친구와 함께하는 그 순간 모든 것이 만족스러워 축복받는 기분마저 들었다.

저녁에는 완벽한 하루의 시작에 느꼈던 감사함을 떠올렸다. 과거 우울증으로 고통받던 경험을 통해 정신의 고통보다 정신의 건강에 집중하는 것이 내게 유익하다는 것을 깨달았다. 나는 내 정신을 건강하게 유지하기 위해 감사할 줄 아는 법을 배웠다.

'감사한 일 세 가지 꼽기'는 간단하면서도 효과적인
훈련법이다. 방법은 이렇다. 하루를 마감하며 그날
행복했던 일 세 가지를 꼽는다. 그리고 노트나
일기장에 적어본다. 각각의 일을 곱씹으며 무슨
일이 있었고 그 일을 통해 나는 어떤 경험을 했는지
되새긴다. 가능한 자세하고 구체적으로 적는 것이
효과적이다.

오늘 내가 먹었던 아침식사에서 감사함을 찾기란
어렵지 않았다. 비단 나뿐 아니라 누구나 행복을
느낄 정도로 훌륭한 시간이었으니까. 하지만 그
경험에 대해 자세하게 기록하자 오늘 내가 누린
아침 시간이, 멋진 식사가 더욱 잊히지 않을 추억이
되었고, 또한 그 일이 당연한 일상이 아닌 특별한
시간으로 남을 수 있었다.

두 번째로 감사 노트에 적은 것은 오늘 오후 비에
흠뻑 젖었던 일이었다. 덕분에 부치려던 편지가

젖어버렸지만 쏟아지는 빗줄기 속에서 내가 살아
있음을 온몸으로 느꼈다. 세 번째 일은 집으로
돌아오는 길, 어디선가 잃어버린 줄로만 알았던
신용카드를 정말 다행스럽게도 찾은 것이었다.

감사 노트 외에, 아이들이 어렸을 때 함께하곤 했던
놀이도 도움이 된다. 열 손가락을 하나씩 펼치며
오늘 하루 있었던 일 중 사소하고 별것 아닌 것
같지만 감사하다고 여길 만한 일이 무엇이었는지
이야기를 나누는 것이다. 어릴 때부터 감사할 줄
아는 습관을 들이기에 아주 좋은 방법이다.

여름

6월 · 7월 · 8월

제비 한 마리가 왔다고 여름이 온 것은 아니요.
날씨가 하루 좋았다고 여름이 온 것은 아니다.
이와 마찬가지로 하루 또는 짧은 시간의 행복이
그 사람을 완전히 행복하게 하는 것은 아니다.

– 아리스토텔레스 Aristoteles, **고대 그리스의 철학자**

14

**나 이제
일어나 가리**

도시의 먼지와 오염에서 간절히 벗어나고 싶을
때마다 나는 〈이니스프리 호수 섬The Lake Isle of
Innisfree〉를 떠올린다. 예이츠Yeats의 시는 내게 가상의
도피처가 되어준다.

　　나 이제 일어나 가리, 이니스프리로 떠나리라.
　　그곳에서 진흙과 욋가지를 엮어 작은 오두막집을
　　짓고,
　　밭이랑 아홉 개를 내어 콩을 심고 벌집을 지어
　　벌이 윙윙대는 숲속 빈터에서 홀로 살리라.

　　그곳에서 평화를 누리리라. 방울지어 잔잔히 떨어지는

평화를,

아침의 장막에서 귀뚜라미 우는 곳까지 방울지는

평화를.

자정에는 반짝이는 빛이 가득하고 정오에는

자줏빛으로 물들며,

저녁에는 방울새들의 날갯짓으로 가득한 곳.

나 이제 일어나 가리, 밤이나 낮이나

호숫가를 잔잔하게 찰랑이는 물소리가 들리니

도로 위, 회색빛 거리에 서서

가슴 깊이 사무치는 물소리를 듣노라.

태양 아래 우거진 초목의 색감이 느껴지는 시다.
예이츠는 '벌이 윙윙대는' 소리를 들으며 안개 낀
하늘에서 떠오르는 태양으로, 구름 한 점 없는 맑은
하늘로, 별들이 '반짝이는 빛이 가득한' 자정의

밤하늘에 이르는 하루를 보내며 느낄 기쁨을
시간 순으로 표현했다. '회색빛 거리'에 서 있으나
자신의 마음이 향하는 장소, 그 생명력 넘치는
파라다이스를 음악과 같은 선율과 생생한 움직임을
담아 신비롭게 묘사했다. 이니스프리는 복잡한 도시
한가운데서 그가 떠올린 상상 속 평온한 섬이었다.
나의, 어쩌면 당신의 파라다이스이기도 한 곳이다.

15

**조명 효과에서
자유로워질 것**

파리 몇 마리가 윙윙거리는 소리를 내며 서재
창문에 몸을 부대꼈다. 평소 같으면 이 시끄러운
파리들을 짜증스럽게 여겼겠지만, 지금은 덕분에
세상을 달리 보게 되어 파리에게 고마운 마음마저
들었다.

무심코 친구에게 심한 말을 한 것 같아 고통스러운
기억을 헤집으며 대화를 곱씹어보고 있었다.
객관적으로 판단하기 위해 나는 벽에 붙은 파리가
되어 거리를 두고 당시의 상황을 다시 바라보았다.
다른 시각에서 보니 더욱 깊게, 좀 더 이성적으로
상황을 이해할 수 있었다. 실제 벌어졌던 일과 내

감정 사이의 연관성이 흐려졌고, 나 자신을 그리고
상대방을 덜 비판적인 눈으로 바라보게 되었다.
그리고 어쩌면 내가 걱정했던 것만큼 친구는 내
말에 큰 의미를 부여하지 않았으리라는 생각이
들었다.

자신이 보고 느낀 것을 바탕으로 과거를 복기할
때면 강렬한 감정에 사로잡힐 위험이 크다. 우리는
누구나 자기중심적으로 상황을 판단하기에 조명
효과spotlight effect(실제 이상으로 타인이 내게 주목할
거라고 믿는 심리 현상-옮긴이)에서 자유로울 수 없기
때문이다. 하지만 사실 사람들은 남들보다 본인의
생각과 행동에 훨씬 더 관심을 둔다. 결과적으로,
나는 용기를 내어 친구에게 사과했다. 그러나
친구는 내가 실언을 했다는 사실조차 모르고
있었다.

물론 내가 하는 말과 행동이 타인에게 끼칠 영향에
대해 살필 줄 알아야 하고, 가끔은 본의 아니게
타인에게 불쾌함을 유발한 것은 아닌지 되짚어봐야
할 때도 있다. 그러나 내가 실수라 여긴 것들을 다른
사람들은 마음속에 거의 담아두지 않는다는 사실이
다행스럽기도 하다. 20대 때와 30대 때는 다른
사람들이 나를 어떻게 생각할까 지나치게 걱정했다.
나중에서야 그들이 나란 사람에 대해 조금도
생각하고 있지 않다는 것을 깨달았다. 현재는
타인의 생각이나 말 혹은 내 실수 여부를 떠나 내가
한 행동의 진정성에만 집중하려 노력하고 있다.

16

**과정을
사랑하는 법을
배우다**

6월을 맞아 시험기간이 가까워지자 아이들에게
영양가 높은 시금치 수프를 먹이기 위해 애를 쓰고
있다. 세상은 성적표에 찍힌 A와 A$^+$의 개수로
아이들을 평가할 것이다. 성인이 된 우리도 삶이란
성적표에서 높은 점수를 받아야 '성공'한 것이라는
인식이 팽배한 세상이다.

모두 결과보다 과정이 중요하다고 말하지만, 나는
목적지에 지나치게 집착하는 위험에 빠질 때가
있다. 학창 시절 경쟁이 심한 학교를 다녔기에,
삶이란 정답을 고르는 시험이 아니라는 것을
깨닫기까지 꽤 시간이 필요했다. 가끔 성취나

업적이 삶을 가늠하는 기준이 될 때면, 그리고
성공의 지표라고 내 멋대로 정한 지점에 도달하지
않았다는 생각이 들 때면 나 자신이 초라하게
느껴지기도 했다.

그러다 13세기 페르시아의 시인이었던 잘랄루딘
루미Jalaluddin Rumi의 발상을 알게 되었다. 루미는
세상에는 두 가지 지능이 있는데 하나는 현상과
수를 학습하는 지능이고 다른 하나는 인간이 타고난
것, 다시 말해 '가슴의 중앙에 자리한 생생함'이라고
했다. 우리는 첫 번째 지능을 강조하지만 사실 이 두
가지는 똑같이 중요하다.

내가 가장 큰 행복을 느끼는 순간은 가슴의 중앙에
자리한 생생함을 느낄 때, 내가 하고 있는 일에
빠져들어 최선을 다하는 과정을 즐기고 실패로
돌아간다 해도 나 자신을 원망하지 않을 때이다.

그러나 결과와 업적이 중요한 세상에 입장하는
순간, 나는 금세 초조함을 느끼고 내가 나에게 거는
기대, 사회가 정해놓은 기대 속에서 큰 압박감을
느낀다.

그러니 어차피 시험을 피할 수 없는 세상에 살고
있다면, 결국 우리가 찢어 없애야 할 것은 아이들의
성적표가 아니라 우리 자신의 머릿속에 심어진
성적표여야 한다.

17

**좋아하는 운동을
찾아라**

사람들이 땅을 일구어 살던 과거에는 운동이라는
개념이 없었다. 생활을 유지하는 것만으로도
매일같이 충분한 운동이 되었다. 그러나 오늘날에는
다른 이들과 마찬가지로 나는 건강을 유지하기 위해
동기를 부여해 몸을 움직여야 한다. 정신뿐 아니라
몸을 인식하는 과정에서 내가 얼마나 살아 있음을
느끼는지 끊임없이 상기해야 운동을 할 동기를 찾을
수 있다.

나는 밖으로 나가 자연에 둘러싸여 운동하는 것을
좋아한다. 가벼운 스트레칭을 하고 넓게 펼쳐진
하늘을 올려다보는 것만으로도 마음속 들끓는 여러

감정이 사라지는 듯하다. 생각이 머리 뒤편으로
미끄러져 하늘로 사라진다. 그리고 구름이 되어 저
멀리 흘러가는 모습이 눈에 들어온다.

어렸을 때부터 좋아했던 춤을 출 때는 온몸에
활력이 생기고, 자라면서 잃어버렸던 내 일부가
되살아나는 기분이 든다. 댄스 스텝을 밟다보면
집중하게 되고 어느새 마음을 어지럽히던 근심도
자취를 감춘다. 춤을 추는 동안 두 발과 딛고 있는
땅에 온 신경을 쏟기 때문에 내 존재감을 확실하게
인식하게 된다. 박자에 몸을 맡기며 자신이
자유롭고 자연스럽다고 느낀다. 얼굴이 달아오르고
땀도 나는데, 그러고 나면 기분이 한결 나아진다.

춤은 재미있고 즉흥적인 움직임이다. 댄스 수업에
가면 함께 배우는 사람들 모두 따뜻한 분위기
속에서 서로 격려와 지지를 아끼지 않는다. 이런

사람들과 함께하면 치유를 받는 기분이다. 하지만 누구나 꼭 댄스 수업을 들어야 하는 것은 아니다. 그저 음악을 틀어놓고 친구들과 식탁 주변에서 춤을 추는 것으로도 충분하다.

18

손을 내밀고
눈을 마주칠 것

뒤뜰에 해먹을 설치하는 중이다.

오늘처럼 뜨거웠던 어느 날 갑자기 결심이 들었다.

한련화 사이로 배추흰나비를 발견하는 즐거움을

누리고 싶은 마음도 있었지만 사실 가장 큰 이유는

요즘 읽고 있는 베네수엘라의 예콰나$^{Ye'kuana}$ 부족에

대한 책 때문이다. 저자가 들려준 이 부족의

아름다운 세상에서는 아이들과 어른들이 바짝 몸을

붙이고 한 해먹에 누워 함께 휴식을 취한다. 이들이

나누는 육체적 친밀함과 상호작용은 자연스러우며

작위적이지 않다. 부족의 아기들은 몸을 가누어

기어 다닐 수 있을 때까지 엄마의 품에서 한시도

떨어지지 않는 행운을 누리며 자라난다.

촉각은 아기가 엄마 배 속에서부터 발달시키는
최초의 감각이다. 아기는 본능적으로 자신에게 가장
안전하고 따뜻한 환경을 추구하고, 생존을 위해
부모에게서 한시도 떨어지지 않는다. 그러나 성장한
후에는 일상생활 속 육체적 접촉이 제한된 세상에서
살게 된다.

때문에 점점 따뜻한 접촉과 그것이 안겨주는 진정
효과를 누리지 못하게 된다. 교사와 간호사들은
학생과 환자를 돌볼 때 가능한 신체적 접촉을
주의하라는 이야기를 듣는데, 이들 대다수가 이러한
현실을 안타깝게 여긴다. 사실, 문제 학생이나
환자를 진정시키는 데 필요한 것은 그저 따뜻한
포옹일 때가 많다. 가벼운 포옹만으로도 마음을
진정시키는 옥시토신이 분비되어 스트레스를
줄이고 두뇌의 보상 체계를 활성화시킨다.

다음에 누군가를 안을 기회가 있다면 나와 맞대어진
타인의 존재감을 가만히 느끼며 평소보다 조금
더 오래 포옹하길, 그래서 무엇이 어떻게 다르게
느껴지는지 경험해보길 바란다. 우리 모두가 당장
아마존 열대 우림 지역으로 옮겨갈 순 없어도
어쩌면 달라진 포옹만으로도 그곳으로 향하는 길 반
정도쯤에는 닿을 수 있지 않을까.

19

수면의
힘

여름 방학이 시작되었다.

아이들의 등교로 초조해할 필요가 없어진 만큼

더 깊고 편안하게 잠을 자야 마땅했다. 그러나

안타깝게도 불면증이라는 복병이 나타났다. 해가

길어지고 아침이 빨리 찾아오며 잠을 자는 것이

더욱 어려워졌다. 나는 셰익스피어가 '상처 입은

마음에 바르는 연고'라고 칭했던 깊은 무의식의

세계 속으로, 잠으로 빠져들고 싶었다.

수면 시간은 중요한 게 아니라고 스스로를 타이르며

불면증을 물리치기 위해 마음을 다잡았다. 사실,

수면 부족 자체보다 그걸 걱정하는 마음이 내

건강에는 더 나쁠 터였다. 어서 잠을 자야 한다는 초조함이 찾아올 때는 내 몸이 정신보다 훨씬 영리하다는 사실을 다시금 마음에 새겼다. 진짜 피곤하다면 순식간에 잠에 빠져 내 몸이 필요한 만큼의 수면을 취할 테니까. 피곤하면 잠이 들 거라고 믿는 것 외에는 달리 무언가를 할 필요가 없다. 역설적인 상황이다. 잠에 들기 위해서는 잠이 반드시 필요하다는 생각을 버려야 한다.

불면증에 시달릴 때는 의사들이 '수면 위생sleep hygiene(양질의 수면을 위한 생활습관-옮긴이)'이라 부르는 몇 가지 실용적인 방법을 따르는 것이 도움이 되기도 한다. 사실 대부분의 사람들이 이미 알고 있는 방법이다.

- 귀리로 만든 비스킷을 섭취한다. 귀리는 밤새 혈당을 낮춰주고 수면 호르몬인 멜라토닌의 분비를

촉진시킨다.

- 심신을 지나치게 자극하지 않는 선에서 몸의
  긴장을 풀어주는 동작을 시도한다.
- 잠자리에 드는 시간을 규칙적으로 한다.
- 방을 완전히 어둡게 만든다.

어떤 방법을 동원해도 잠들기 어려울 때가 있다.
나의 경우 이럴 때 시를 읽거나 암송하는 것이
도움이 되기 때문에 혹시 모를 상황을 대비에
침대 옆에는 시집을 잔뜩 쌓아두었다. 요즘에는
자장가 선율 같은 제임스 호그James Hog의 시, 〈어느
소년의 노래A Boy's Song〉을 외우고 있다. '깊고 맑은
연못들이 있는 곳/잿빛 송어가 잠드는 곳.' 잠에
빠져들 준비를 완벽하게 마치고 자신에게 관대한
마음가짐까지 갖춘다면 얼마 지나지 않아 밤의
휴식이라는 연고를 바를 수 있을 것이다.

20

**초록을
가꾸다**

이맘때면 나는 집 뒤뜰의 작은 정원에 오래 머문다.
붉은색, 노란색 달리아와 천수국에 흠뻑 취하고,
벌이 윙윙대며 나는 소리, 정원 호스에서 물방울이
흩날리는 모습을 음미하며 흙투성이 잔에 차를 담아
벌컥벌컥 들이킨다. 영혼이 따뜻해지는 순간이자
〈워킹 온 선샤인Walking on Sunshine(카트리나 앤드 더
웨이브스Katrina and the Waves의 곡-옮긴이)〉을 허밍으로
부르며 행복하지 않느냐고 물어오는 가사에 고개를
끄덕이게 되는 날이다.

정원을 가꾸는 사람이라면 초록빛 자연을 가까이
하는 것이 우울한 기분을 날려버리는 데 특효임을

누구보다 잘 알고 있을 것이다. 오늘 나는 정원으로 도망치기 전까지만 해도 내 삶 속의 복잡한 문제들로 마음이 괴로웠다. 제멋대로인 컴퓨터로 작업을 하느라 골머리를 앓았고, 아직도 방학 중인 아이들을 돌보고 놀아주느라 진이 빠졌다. 하지만 시든 장미와 스위트피를 솎아내며 나는 다시금 내 삶을 통제할 힘을 얻었다.

정원을 가꾸다보면 '이 또한 지나가리라'라는 말이 떠오른다. 정원이야말로 이 명제를 분명하게 입증하는 증거이자 시간이 지닌 치유의 힘을 경험할 수 있는 장소이다. 또한, 믿기 어렵겠지만 흙에 있는 박테리아는 감정 조절 호르몬인 세로토닌 지수를 높이는 것으로 알려져 있다.

인간은 오래전부터 정원의 중요성을 잘 알고 있었다. 고대 이집트 왕실의 어의는 정신이상

증상을 보이는 환자에게 정원 산책을 처방했다. 로마의 풍자시인 유베날리스Juvenal는 우리에게 '괭이를 가까이 하고 작은 채소밭을 가꾸는 주인으로 살라'는 가르침을 전했다. 오늘날에는 정원 가꾸기가 외상 후 스트레스 장애를 앓고 있는 참전 용사의 심리 치유 일환으로 활용되고 있다.

나는 정원 일을 할 시간적 여유가 없을 때는 다음과 같은 방법으로 대신한다. 길을 걸으며 향기로운 꽃 한 송이를 찾는다. 어떤 꽃이든 상관없다. 꽃을 코 밑에 갖다 대고 눈을 감은 후 깊이 향기를 들이마시며 서너 번 심호흡을 한다. 그러고 나면 발걸음이 경쾌해지고 머리가 가벼워지는 기분을 느낄 수 있다.

21

**침착함을
유지할 수
있다면**

최근 스페인으로 휴가를 다녀왔다.
휴가 동안은 반드시 휴식을 취해야 한다는
부담감부터 내겐 스트레스인데, 스페인에 도착한
다음 날, 내가 가장 아끼는 가방을 도둑맞았고,
이로써 휴가는 내게 굉장한 스트레스라는 사실을
다시금 확인했다. 딸아이가 검은색 머리칼의 한
여성이 화장실로 들어오는 것을 언뜻 보고는 '올라'
하고 밝게 인사했고, 어두운 복장의 이 여성은 내
가방과 함께 금방 자리를 벗어났다. 여권과 현금,
핸드폰과 열쇠는 물론 생활에 필요한 필수품이 몽땅
들어 있던 가방이었다.

우리 가족은 서로를 비난했고, 도둑 혹은 도둑들이
다시 찾아올지도 모른다는 근거 없는 걱정을
하며 불안해했다. 위기 속에서 평정을 유지하는
나만의 방법은 러디어드 키플링Rudyard Kipling의 시
〈만약에If〉이다. 누구나 알고 있는 시의 첫 구절이,
훌륭한 시라면 으레 그렇듯 그날 그 상황에서 내게
새로운 의미로 다가왔다.

다른 사람들이 모두 동요하며 네게 비난의 화살을
돌려도
침착함을 유지할 수 있다면,
다른 사람들이 너를 의심해도 네 자신을 믿을 수
있다면,
이들의 의심마저도 너그럽게 받아들일 수 있다면…

평온함을 유지하고 주변의 불안에 휩쓸리지 않아야
한다는 가르침을 일깨워주는 글귀다. 그저 가방

하나 잃어버렸을 뿐이다. 호들갑을 떨 일이 아니다.
키플링 덕분에 (그나마 곧) 마음을 잠재울 수 있었다.

다른 수많은 사람들처럼 나 역시도 위안과 기댈
곳이 필요한 순간 '만약에'를 찾게 된다. 키플링보다
나은 글을 쓸 수 없으니, 이곳에 그의 마지막 구절을
인용하고자 한다.

군중과 대화를 나누면서도 자신만의 미덕을 잃지
않을 수 있다면,
왕들과 함께 걸으면서도 민심을 잃지 않을 수 있다면,
적에게도 사랑하는 친구에게도 상처를 입지 않을 수
있다면,
모든 이들을 중요하게 여기되 지나치게 휘둘리지
않을 수 있다면,
자비 없이 흘러가는 1분 1분의 시간을
60초 달리기를 하듯 최선을 다해 채워나갈 수 있다면.

이 세상이, 세상 안의 모든 것이 네 것이 될 것이고,

무엇보다, 너는 비로소 진정한 남자가 될 것이다

아들아!

22

**영양분을
공급하다**

가방을 잃어버린 날 이후 뜨거운 스페인의 밤
속에서 며칠간 푹 쉬며 휴식을 취했다. 비워야만
채울 수 있다는 말이 있다. 이 말을 체감한
날들이었다.

우리가 휴가 동안 지낸 곳의 바로 옆집에 살던
여성은 영양사이자 무척이나 현명하고 친절한
사람이었다. 그녀는 발코니에서 직접 키운, 향이
좋은 토마토를 가득 채운 바구니와 알약 한
통을 내게 선물했다. 심란한 마음을 휴가 모드로
전환하는 데 도움을 주는 것들이었다.
그녀가 전해준 알약은 비타민B였다. 그녀는

비타민B가 결핍되면 기분이 우울해진다고 말했다.
예전에는 열심히 챙겨 먹었지만 지난 몇 달간 잊고
살았던 것이었다. 그녀 덕분에 비타민B3, B6, B12를
하루 두 번씩 다시 섭취하기 시작했다. 효과가
어찌나 좋은지, 비타민을 먹자 즉시 남은 휴가를
즐길 수 있을 만큼 기분이 회복되었다.

집에 돌아온 후에도 비타민B를 잘 챙겨 먹으려고
노력 중이다. 거른 날에는 기분 상태가 확연하게
다른 것을 느낀다. 그러나 비타민보다 효과가
좋았던 것이 있다. 그것은 바로 친절한 마음이
인간의 영혼에 생기를 더해줄 수 있음을 몸소
보여준, 한 이방인이 전해준 행복이었다.

23

**물 흐르는 소리에
귀를 기울이면**

집 근처 공원 안에 조성된 재패니즈 가든에 가지
않고는 못 배길 만큼 덥고 답답한 날이었다. 둥근
돌과 연녹색 이끼가 있고, 섬세하게 다듬어진
단풍나무와 관목이 풍성한 나무숲을 이룬 곳이다.
가든 한가운데에는 거대한 잉어가 헤엄치는 연못이
있고, 연못을 향해 떨어지는 폭포도 있다.

폭포 앞, 볕으로 데워진 넓고 평평한 돌 위에 앉았다.
눈을 감고 물소리에 3, 4분가량 귀를 기울이자
웃고 떠드는 방문객들, 여행객들의 소리가 내 의식
바깥으로 사라졌다.

1초에 한 번씩 잔잔한 연못 수면 위로 떨어지는 물소리가 울렸다. 진주알 같은 물방울들은 서두르지 않고 순서에 따라 아래로 떨어졌다. 잠시 후 자리에서 일어나자 몸과 마음이 한결 가벼워진 기분이었다. 머릿속 걱정들은 물방울과 함께 흘러간 것처럼 어느새 사라져 있었다.

어떤 연유인지는 모르지만 물이 흐르는 광경을 보면 마음이 차분해진다. 어쩌면 그 영속적인 움직임 때문일지도, 절대로 멈추지 않을 생명력 가득한 그 움직임 때문일지도 모른다. 어쩌면 도시의 소음에 장막을 드리워 우리에게 평온함을 가져다주는 물소리 때문일지도, 혹은 단단한 돌이 물에 깎여나가는 모습을 보며 어떤 이치를 깨닫게 되는 것일지도 모른다. 아니면 우리 몸의 70퍼센트가 수분으로 구성되었기에 흐르는 물을 마주할 때면 우리 안을 가득 채운 수분과 자연에 흐르는 물에서

어떤 연관성을 찾게 되는 것인지도 모른다. 분명한
것은 인간이 자연과 멀어질 때 자기 자신에게서도
멀어진다는 것이다.

24

**배제되는
즐거움**

나는 무언가를 놓치는 걸 끔찍하게 싫어하는데,
오늘도 예외는 아니었다. 기분 나쁜 두통 때문에
친구를 위한 깜짝 생일 파티에 참석하지 못했다.
포모FOMO, 다시 말해 배제되는 두려움Fear of Missing
Out은 나를 괴롭힌다. 그러나 갑자기 한 가지 생각이
머릿속을 스쳤고, 그것은 나의 인생관을 송두리째
흔들었다. 조모JOMO, 즉 배제되는 즐거움Joy Of Missing
Out에 눈을 뜬 것이다.

사람들의 초대에 모두 응하고 모든 행사에 빠지지
않고 참석하며 안쓰럽기까지 한 투두To-do 리스트를
모두 해치운다고 해도, 내가 여전히 놓치고 있는

것이 있음을 나는 깨달았다. 바로 아무것도
하지 않을 자유와 평온한 시간이다. 다른 말로는
'기회비용'이다. 어떤 선택을 하든 다른 하나는
필연적으로 놓칠 수밖에 없다. 그래서 나는 파티에
참석하지 못해 조바심을 내기보다는 따뜻한 물
한 잔과 추리소설을 들고 침대에 누워 그 시간을
음미하는 법을 배우기로 했다. 그 또한 내 시간을
의미 있게 보내는 방법이니까.

그래도 조바심이 나려고 하자 포모 증후군에
시달리는 삶을 경계해야 할 생물학적 근거를
떠올려보았다. 멈추는 법을 모르고 바쁜 생활
속에서 스트레스 호르몬이 고조된 상태를 계속
유지한다면 얼마 지나지 않아 스스로 무너져 내리게
될 것이다. 과거에 몸소 경험했기 때문에 확신할 수
있다. 지나치게 바쁜 생활은 좁고 위험한 도로를
레이싱하며 내달리는 것과 같다. 처음엔 흥분되고

신나지만 오래 지속되면 아무도 모르는 새 저격수의
총알에 맞듯 고꾸라지고 만다.

나는 또한 스케줄을 항상 빈틈없이 유지해야 한다는
강박관념이 내면의 불안과도 연관되어 있다는
사실을 깨달았다. 우리는 바쁜 삶이 가치 있는
삶이라고 여긴다. 그러나 진정으로 자존감이 높은
사람들은 얼마나 많은 사교모임에 초대받는가로
자신을 평가하지 않는다. 그들은 내면에 피어나는
고요한 자기 만족감을 더욱 중요하게 여긴다.

25

고장난 물건 수선하기
내 마음 수선하기

셔츠에 떨어진 단추를 달고, 사라진 드라이버를
대신해 작은 클립으로 안경다리를 조이는 일처럼,
망가진 무언가를 고칠 때 나는 굉장한 평온함을
맛본다.

오늘은 내가 식탁에서 떨어뜨려 깨트린 꽃무늬 꽃병
조각을 이어 붙였다. 순간접착제와의 행복한 30분을
보낸 후 꽃병은 온전한 모습을 되찾았다. 물론 길게
난 실금과 접착제가 굳어 울퉁불퉁해진 표면이
도드라지긴 했지만 말이다.

일본에서 값진 도자기가 깨졌을 때 수선하는

기술인 '킨츠기Kintsugi'와 유사하다. '금으로 이어
붙이는' 기술자는 금가루에 풀을 섞은 후 신중하게
깨진 틈을 메운다. 덕분에 더욱 아름답고 독창적인
예술품이 탄생한다.

나라는 사람도 이와 비슷한 수선 과정을 거친
것처럼 느껴진다. 깨진 일본 도기처럼 균열이 가고
부서졌지만, 시간과 인내심을 사용해 제 모습을
찾았다. 우울증으로 고생하지 않았었다면 좋았을
텐데, 하고 말하는 사람들이 있다. 물론 그러지
않았다면 좋았겠지만 어쨌든 그 과거는 지금의
나를, 특히나 건강한 정신을 회복한 것에 대해
감사함을 느낄 줄 아는 사람으로 만들어주었다.
일본 도자기에 난 균열처럼 그것은 내 일부이자
내 과거이고, 나는 그것들을 조금도 숨기고 싶은
마음이 없다.

이러한 마음가짐은 고장 난 물건을 수선하며 보내는
시간만큼이나 나를 평온하게 해준다. 내가 수선한
안경은 아직도 별 탈 없이 제 몫을 온전히 하고
있다.

26

**내 쉴 곳은
작은 집
내 집뿐이리**

나는 꽃을 사는 것을 좋아한다.

이번 주도 다르지 않았다. 옅은 파랑색 양동이에

담겨 예쁘게 늘어선 꽃을 못 본 척할 수 없었다.

신의 손으로 빚어낸 듯 완벽한 자태의 자줏빛 작약

한 다발을 구매했다.

우리는 평균 여덟 시간 가량을 집에서 머물지만,

몇몇 심리학자에 따르면 집을 편안한 휴식처로

느끼는 사람들은 많지 않다고 한다. 나 역시

집보다는 바깥에서 더욱 행복을 느끼는 사람이다.

때문에 내가 밖에서 찾는 행복감을 집으로

불러들이기 위해 특별한 일이 있을 때는 꽃으로

집을 꾸미고 주기적으로 식물을 심는 노력을 하고 있다.

색색의 그림으로 집 안을 채우는 것도 안정감 있는 실내 분위기를 만드는 데 도움이 된다. 점심시간 동안 아트 갤러리에 들르는 직장인들의 스트레스 지수가 낮다는 보고도 있다.

우리 집 냉장고에는 내 기운을 북돋워주는 엽서들과 이곳저곳에서 오려낸 재밌는 기사들이 가득 붙어 있다. 뿐만 아니라 가족, 친구들의 사진들도 붙어 있다. 그것들을 보면 내 머릿속을 가득 메운 걱정에서 벗어나 소중한 추억을 떠올리게 된다. 옛 조상들의 빛바랜 사진은 특히나 그렇다. 시간이 흐르고 세대가 변한다는 진리를 담고 있는 그 사진들은 내 사고의 틀을 넓혀주고 나 역시 거대한 사진 속 일부임을 깨닫게 한다.

129

가을

9월 · 10월 · 11월

가을의 상쾌함을 느낄 때 삶은 새로이 다시 시작된다.

- F. 스콧 피츠제럴드F. Scott Fitzgerald, **소설가**

27

**계절의
변화를
따르다**

아래는 셸리Shelley의 시 〈서풍에 부치는 노래Ode to the West Wind〉의 일부이다. 여름의 끝 무렵, 침울해지기 쉬운 마음에 희망을 안겨주고 가을이라는 계절의 '장대한 조화'를 기대하게 만드는 이 구절을 좋아한다.

나를 너의 수금으로 삼아다오, 숲처럼.
숲의 잎사귀들이 떨어지듯, 내 잎사귀가 지면 어떠리!
장대한 조화를 갖춘 너의 소동으로

나와 숲은 슬프지만
깊고 달콤한 가을의 노래를 부르리.

너의 격렬한 정신이여, 내 영혼이 되리라!

거센 바람이여, 네가 내가 되리라!

시든 나뭇잎이 사라지듯 내 죽은 생각을 우주로

흩날려

새로운 탄생을 앞당겨다오!

그리하여 이 시를,

소멸되지 않는 화로에서 피어오르는

재와 불꽃으로 삼아 모든 이에게 흩날려다오!

내 입술로 잠에서 깨지 않은 이 땅에

예언의 나팔을 울려다오! 바람이여,

겨울이 온 곳에 봄이 어찌 멀리 있으리오?

'슬프지만 깊고 달콤한 가을의 노래'라는 구절은

여름의 끝자락, 따뜻한 날씨와 푸르른 녹음이

사라질 때 찾아오는 상충적인 감정을 표현하고

있다. 조금도 그럴 기미가 없는 계절 속에서도
새로운 생명이 움트고 있음을 보여주는 시다.
'시든 나뭇잎'은 땅으로 돌아가 자양분이 되고
'새로운 탄생'을 가능하게 한다. '잠에서 깨지 않은
이 땅'은 만물이 소생할 때를 기다리고 있다.

가을은 단연코 없어서는 안 될 계절이다. 새 학기의
시작과 함께 새로운 다짐과 새 필통으로 무장하는
시기다. 셸리는 이렇게 물었다. '겨울이 온 곳에 봄이
어찌 멀리 있으리오?' 이 시에서 내가 가장 좋아하는
구절이다. 우리는 시간의 흐름과 자연의 이치에
따라 계절은 반드시 변하기 마련임을 믿고 그저
기다리면 된다. 계절의 변화와 자연의 리듬을 따를
줄 안다면 우리의 삶에 내재된 리듬 또한 찾을 수
있다.

28

삶을
작게 나누어
살아가다

우리 부부의 현재 상황을 말하자면, 둘 다 지나치게
많은 일에 시달리고 있다. 침착하고 멋진 모습을
유지하는 남편과 달리 나는 상황에 압도당하고
있다. 오늘 나는 모든 것을 멈추고 싶었다. 일시정지
버튼을 누르고 이 모든 일을 어떻게 처리해야 할지
고민할 시간이 필요했다.

미국의 작가 앤 라모트^{Anne Lamott}에게 의지해야
하는 순간이었다. 훌륭한 삶에 이르는 길을
보여주는 책들 가운데 내가 가장 좋아하는 작품을
쓴 작가이다. 바로《새 한 마리씩Bird by Bird》이라는
책이다.

이 책에는 그녀의 오빠가 열 살 때, 조류관찰
보고서를 작성할 시간이 3개월이나 있었음에도
제출 전날까지 과제를 완성하지 못했던 일화가
소개되어 있다. 그녀의 오빠는 울음이 터질 듯한
얼굴로 식탁에 앉아 종이와 펜, 미처 열어보지도
못한 조류학 관련 도서에 둘러싸인 채 부담감에
짓눌려 무엇을 시작할 엄두조차 내지 못했다. 그때
라모트의 아버지가 아들 옆에 앉아 아들의 어깨를
감싸 안으며 이렇게 말했다.

"새 한 마리씩. 그저 한 마리씩 하면 된단다."

조급한 마음을 버리고 삶을 작게 나누어, 심지어
분 단위로 나누어 하나씩 해결하면 된다는 조언이
지금처럼 와 닿은 적은 없었다. 시간은 1분씩
흐른다. 앞으로 내 삶에서 60초 이상의 시간이
밀려들 일은 없을 것이다. 비단 나뿐 아니라

누구에게도 말이다.

하루에 너무 많은 일을 처리할 수 없음을 깨달은 후
나는 오히려 기분이 한결 나아졌다. 새 한 마리씩
해결하는 태도로 삶을 살기로 했다.

29

**노력하는 한
인간은
실수한다**

내 앞에 놓인 두 가지 일 중 무엇을 취할 것인지
선택해야 한다. 두 가지 업무를 다 하는 것은
불가능해보이기 때문이다. 예전에는 둘 중
하나를 택해야 하는 상황을 지독히도 싫어했다.
잘못된 길을 선택해 황금 같은 기회를 날리게
될지도 모른다는 두려움이 나를 극도로 초조하게
만들었다. 하지만 요즘은 무언가를 결정하는 일에서
조금이나마 덜 스트레스를 받기 위해 생각을 바꾸는
훈련을 하고 있다.

우선 내 몸이 하는 말을 잘 듣는다. 머리가 가리키는
것과 달리 내 몸은 다른 이야기를 할 때가 있다.

무언가 잘못되었다고 느껴질 때, 이 경우 나는 내 직감을 따르려고 한다. 그러나 어떤 선택을 앞두고 내 명치를 짓누르는 공포는, 두렵지만 내 성장과 변화에 필요한 방향으로 가고 있다는 반증일 때도 있다.

한번 결정을 내린 후에는 내가 가장 좋아하는 엽서에 인쇄된 글귀를 되뇐다.

'수많은 실수를 저질렀고, 많은 것을 배웠다. 때문에 더 많은 실수를 저지를 생각이다.'

실수를 하지 않으려는 노력보다 더욱 중요한 것은 실수를 대하는 자세다. 장애물과 디딤돌의 차이는 우리가 돌을 어떻게 활용하는가에 달려 있다. 긍정적인 사람과 부정적인 사람을 가르는 요소 중 한 가지는, '실패'라고밖에 볼 수 없는 경험에

맞닥뜨렸을 때 어떤 태도를 취하느냐이다. 같은
경험을 했을 때 다시 도전할 기회를 얻고 앞으로는
'이번보다 더 나은 실패'를 다짐하는 사람이 있는가
하면, 어떤 사람들은 포기를 위한 명분으로 삼는다.

완벽히 좋기만 한 혹은 나쁘기만 한 선택은 없다.
결과가 어떻든 삶을 살아가다보면 저절로 밝혀질
일이다. 벌어질 일은 어찌되든 벌어지게 돼 있다.
나쁜 결과 속에서 좋은 아이디어가 탄생하고, 나쁜
줄로만 알았던 아이디어가 좋은 결과를 이끌기도
한다.

실수와 실패를 두려워하지 않는 인간의 모습을
대표하는 인물은 단연 발명가 토머스 에디슨Thomas
Edison이다. 축전지를 개발하는 과정에서 그는 자신이
원하는 결과를 도출하기 위해 9천 번이 넘는 실험을
계속했다. 별다른 결실을 맺지 못해 실망하지

않았냐는 질문을 받았을 때 그는 이렇게 말했다.

　"결실! 굉장한 결실을 이루었지!
　실패의 원인을 수천 개나 찾아냈는데."

단번에 성공을 바라는 마음을 버리고 에디슨처럼
실수를 받아들이는 법을 깨닫는다. 그러자 무언가를
선택하는 일이 더 이상 고통스럽지 않게 되었다.

30

**위험한 세상에
살고 있는
우리들**

좋은 소식 하나. 마음의 평안을 유지하는 데 별
도움이 되지 않는 것 같아 죄책감을 느끼면서도,
쉽게 끊을 수 없었던 범죄물 DVD를 이제는 마음
편히 시청할 수 있게 되었다. 언젠가 한번은 침실
옷장 속에 숨겨놓았던 시리즈 전편을 몰아본 후,
나의 충동적인 시청 습관을 심히 걱정했던 적도
있었다.

이 흥미진진한 드라마가 나에게 도움을 주는 면이
있음을 깨닫게 된 이후, 드라마에 대한 애정은
날로 더해갔다. 내가 마약 조직의 보스가 아니라서,
우울한 북유럽 하늘을 배경으로 미치광이에게

147

쫓기는 신세가 아니라서 감사했다. 드라마를 보고
난 후에는 가장 먼저 마주치는 가족을 껴안으며
평화롭고 합법적인 내 삶을 만끽했다.

무서운 이야기를 접할 때면 우리가 새삼 위험한
세상에 살고 있다는 사실을 자각하게 되어
현재를 더욱 소중히 여기게 된다. 뇌 속 도파민과
세로토닌이 분비되어 행복감을 높여주는 효과도
있다.

과학자들에 따르면 자극적인 드라마를 보며
느끼는 공포가 롤러코스터를 탈 때 느끼는
흥분과 비슷하다고 한다. 이 두 경험 모두 마냥
유쾌하지만은 않지만, 완수한 후에는 해냈다는
성취감에 짜릿한 기분이 든다는 점이 유사하다.
우리는 통제된 공포를 경험할 때 미지의 세계,
예상치 못한 상황을 수용하는 능력이 높아지고,

동시에 상대적으로 현재 안전하고 행복하다는 것을
확인하게 되어 자신감이 향상되는 기분을 느끼게
된다.

새로운 에피소드를 볼 차례다. 이번에는 소파에
앉아 당당하게 시청할 생각이다.

31

**기다리는
시간**

지난 몇 주간 전국 이곳저곳을 여행했는데, 내겐
결코 쉽지 않은 일이었다. 어렸을 때부터 나는
여행을 앞두면 불안감부터 느꼈다. 기차 출발
두 시간 전부터 역에서 대기하고 있는 것으로
유명했다. 그렇다고 기차를 탄 후에 나아지는 것도
아니었다.

기차를 타는 것부터 이렇게 스트레스를 받으면서도
그나마 기차 안에서 가장 마음이 편안해진다고
고백하는 내가 모순되게 느껴질지도 모르겠다.
이상하게 들릴지 모르지만, 여행을 통해 나는
휴식을 취하는 법을 배우고 있다. 때문에

151

여행이라는 고된 수행길 속에서 내가 완전히 긴장을 풀고 진심으로 편안함을 느끼는 순간은 오직 기차 안뿐일 때도 있다.

어제만 해도 그렇다. 기차가 출발하자 나는 눈을 감고 리드미컬한 움직임에 집중했다. 의자를 감싼 부드러운 천을 의식했다. 열린 창틈으로 불어오는 미약한 바람을 느꼈다. 내가 평온함을 느꼈다는 것은 곧 산더미처럼 쌓인 내 안의 문제를 잘 해결할 수 있다는 의미이기도 했다.

기차에서 내린 후 멀리서 들려오는 사이렌 소리를 놓치지 않고 내 의식을 환기시키는 계기로 삼았다. 내 생각과 현재의 상황에 몰입하고자 했다. 목적지까지 이동하는 중에는 차들이 오가지 않는 틈을 노려 재빨리 길을 건너는 대신, 신호가 바뀔 1분의 시간을 여유로이 음미했다. 무언가를

기다려야 하는 시간을 조바심으로 채울 게 아니라
현재의 순간에 충실할 기회로 삼아야 한다.

그전과는 다른 태도를 배워나가자 나를 괴롭히던
불안은 조금씩 사라지고 여행길은 더욱 행복한
무언가로 변해 있었다.

32

**반려동물과
함께하는
삶**

조금 전에 새미와 동네 산책을 마치고 돌아왔다.
새미는 젊고 몸매도 멋진, 매력적인 친구다. 그의
두 눈은 항상 나를 쫓는다. 변덕스러운 나와 달리
그는 내게 한결같은 사랑을 준다. 그는 나를 볼
때마다 행복해한다. 그처럼 순간에 충실한 존재를
단 한 번도 본 적이 없다. 비결이 궁금하다. 유일한
문제라면, 그는 황갈색 털이 덥수룩한 테리어라는
것이다.

반려견은 우리의 스트레스를 낮추는 데 중요한
역할을 한다. 내 무릎에 몸을 말고 앉은 새미를
쓰다듬으면 혈압이 낮아지고 심박수가 안정적으로

내려간다. 내가 행복한 상태를 유지하기 위해서는
기분을 북돋워주는 운동이 필수적인데, 새미
덕분에 즐거운 마음으로 운동을 하게 된다. 새미의
친구들과 견주들을 만나는 것도 무척이나 즐겁다.
특히나 내가 외로움을 느낄 때는 더더욱 그렇다.
미용실에서도 새미의 도움을 받는다. 어떤 색으로
염색해야 할지 기억해낼 필요 없이 새미의 사진을
내밀며 완벽한 '블론드'색 털을 가리키면 된다.

반려견을 들이기 어려운 입장이라도 가끔씩 다른
사람의 강아지를 맡아줄 기회는 있을 것이다.
새미가 사랑하는 것은 나뿐이라고 믿고 싶지만,
그는 당신에게도 사랑을 가득 담은 표정으로 당신의
두 눈을 지그시 바라볼 것이다. 산책할 시간이
되었다고 생각할 때면 말이다.

가을 : 9월 10월 11월

33

**나만의
중심을
찾아라**

회사에서 진행 중인 프로젝트로 좋은 피드백을
받았다. 하지만 성과가 내 자존감에 영향을 끼치지
않도록 주의하고 있다. 나는 중도를 지키고 내면의
균형을 유지할 때 마음이 더욱 평온해지는 사람이기
때문이다.

모든 일이 잘 풀릴 때는 온 세상이 아름답게 보인다.
사람들이 축하인사를 건네고 어떻게 그런 멋진 일을
해냈는지 추켜세운다. 사람들의 관심과 공치사는
무척이나 달콤하다. 이를 부정하려는 건 아니다.
축하를 받으며 마땅히 즐길 시간도 물론 필요하다.

그러나 예민한 사람은 이런 분위기를 불안하게
느끼기도 한다. 내가 이렇게 존재감이 없는
사람이었나? 다음 프로젝트에서 실패하면 사람들이
보내는 존경심은 무관심으로 변하게 되겠지? 성공
뒤에 찾아오는 '난 정말 특별한 인간이야'라는
이름의 계절을 지나 자신에게 찾아온 행운이
사라지고 나면, '난 정말 아무짝에도 쓸모없는
인간이야'라고 생각하기 십상이다.

사실 둘 다 틀린 말이다. 온 세상이 당신을 향해
미소 지을 때 당신이 더욱 특별해지는 것도
아니고, 일이 잘 풀리지 않을 때 당신의 가치가
덜한 것도 아니다. 외부의 성공으로 자신의 존재와
노력을 부풀리지 않으며 실패로 상처입지 않는,
그 중간지점에 머물러야 한다. 자신 안의 중심을
소중히 여겨야 한다. 평정을 찾아야 한다. 혹은
러디어드 키플링의 조언에 귀를 기울여야 한다.

'승리와 실패를 경험하라.

이 두 개의 거짓된 현실을 똑같이 대하라.'

34

**별 거 아닌 것처럼
보이는 자세가
마음을 지배한다**

사람들 앞에 나가 이야기를 하는 모습을 떠올리는
것만으로도 심장이 터져버릴 것 같은데, 몇 주
후 짧게나마 연설을 해야만 하는 일정이 잡혔다.
그래서 최근에 인생 상담 코치의 강연을 들으러
갔다. 그곳에서 나는 정신과 몸이 얼마나 긴밀하게
연결되어 있는지 다시 한 번 깨닫는 놀라운 경험을
했다.

서 있는 자세, 앉아 있는 자세가 호르몬과 신경에
영향을 미친다고 한다. 때문에 스피치를 할 때는
'고개를 들고 양팔을 넓게 벌려 가능한 공간을 넓게
활용'하는 것이 좋다. 코치의 설명에 따르면 소위

'파워 포지션power position'이라고 부르는 이 자세로
서 있을 때면 차분하고 당당해 보일 뿐 아니라,
자신감은 높이고 스트레스 호르몬인 코티솔의
수치는 낮추는 테스토스테론이 상승하는 효과가
있다고 한다.

코치는 보통 일터에서 많이 걷거나 서 있는 사람이
더욱 침착해지는 경향이 있다고 하며 통화할
때라도 몸을 움직이는 것이 좋다고 조언했다. 나는
개인적으로 간부진들이 회의실이 아닌 공원에서
'걸으며 하는 회의' 이야기가 가장 마음에 들었다.

앉는 자세 또한 중요하다. 이 책을 읽는 동안 어깨를
펴고 반듯하게 앉아보길 바란다. 앞으로 숙이고
구부정하게 앉았을 때보다 당당해지는 기분이 들
것이다.

미소를 짓는 것과 같은 사소한 행동으로도 우리는 더욱 행복해질 수 있다. 일단 해보면 효과를 알 수 있을 것이다.

35

**감정에
흠뻑 취하기**

이메일로 실망스런 소식을 접했다.
가입하고 싶었던 전문가 모임에서 입회를 거절한
것이다. 좌절감이 얼마나 깊은지 그간 누군가에게
거부당했던 기억이 한번에 몰려왔다. 내 자신이
불충분한 존재같이 느껴졌다.

이런 날에는 '적극적으로 감정에 취하기' 훈련을
해온 것이 새삼 다행스럽게 느껴진다. 우리가
기피하고 싶은 감정, 슬픔과 아픔 같은 부정적인
감정에 흠뻑 취하는 것이 오히려 도움이 된다는
게 이 훈련의 핵심이다. 속담에 등장하는 타조처럼
대다수의 사람들은 모래에 머리를 파묻고 자신이

167

상처를 입었다는 사실을 부정하려고만 한다.

그러나 사실 이런 부정적인 감정들은 우리가 충실히
느끼고 경험할 때 더욱 빨리 소멸된다. 때문에
나는 눈물을 참지 않고 내가 느끼는 감정을 마음껏
표출하기로 했다. 카타르시스 효과가 있는 눈물은
현재의 순간에 충실하다는 방증으로, 우리의 생각과
감정, 몸을 하나로 통합하는 힘이 있다.

부정적인 감정에 건강하게 취하기 위해서 다섯
가지 단계를 따라야 한다. 각 단계의 앞 글자를 따면
진실TRUTH이란 단어로, 외우기도 쉽다. 이것은
슬픔, 죄책감, 비통함, 회한, 분노, 후회 등 감정의
소용돌이 속에서도 헤쳐나갈 방법을 제시한다.

   1. Tell^{말하다} : 지금 어떤 상황인지 스스로에게
  설명한다. 무슨 일 때문에 지금 이 감정을 느끼는지

파악한다.

2. Realize^{인식하다} : 자신의 감정을 정확하게 진단
한다. 수치심인가? 아니면 분노나 실망감, 슬픔인가?

3. Uncover^{알아내다} : 자신이 느끼고 있는 감정이
잘못되었거나 타당하지 않은 건 아닌지 자아비판의
시간을 갖는다. 이때, '이런 상황에서는 이렇게
느껴야만 한다'는 생각을 버리는 것이 중요하다.

4. Try^{시도하다} : 자기 자신을 이해하려고 노력한다.

5. Have^{받아들이다} : 감정을 받아들인다. 얼마간
그 감정이 자신을 지배하도록 내버려두면 자연히
사라지게 될 것이다.

오늘은 내가 아주 오래전부터 타인의 동의와 인정을
갈구해왔음을 마주한 것이 큰 도움이 되었다.
내 자신을 인정하고 받아들일수록 타인에게서
인정받으려는 욕구가 사라진다는 사실을 깨우치자
마음이 한결 편안해졌다.

36

**긴장을
풀다**

내가 처음 이완 운동을 배웠을 때는 카세트테이프를
사용했지만(얼마나 오래된 이야기인지 짐작할 수 있을
것이다) 지금은 수많은 어플과 프로그램이 시중에
나와 있다. 다양한 선택지 가운데 자신이 좋아하는
목소리가 담긴 걸 골라야 한다. 계속 반복해서 듣다
보면 자신의 내면에 오랫동안 남을 목소리가 될
테니까.

시중에서 찾은 프로그램들에서 별 도움을 받지
못했다면, 이제부터 내가 소개할 방법을 따라해보길
바란다. 호흡이 느려지며 온몸의 긴장이 풀어질
것이다. 나는 가능하면 한낮 시간을 선택해 자리에

누운 후, 몸의 마디마디에 차례대로 '호흡을 불어넣으며' 내 몸을 인식한다. 깊고 느리게 심호흡하기 위해 두 손을 배에 얹고 들숨과 날숨을 느낄 때도 있다.

그러고는 바닥 혹은 소파에 맞닿은 신체의 일부를 인지하며 온몸의 감각을, 특히 촉각을 일깨운다. 근육에 의도적으로 긴장감을 준 뒤 이완한다. 몸이 이완된 상태에서 정신이 긴장되기란 불가능한 일이다.

심리적 긴장을 푸는 것이 어려울 때가 많은 내게 어떤 문제가 닥쳤을 때 역으로 몸의 긴장을 먼저 해소하는 전략은 굉장히 효과가 좋다. 이 방법은 나를 현재의 순간에 붙잡아주고, 내가 불완전하다고 여기는 내 몸을 있는 그대로 받아들이게 해준다.

머릿속에서 걱정이 떠나지 않을 때면 나는 생각이

머물고 있는 머리에서 가장 멀리 자리한 두 발에
차례대로 호흡을 보낸다. 엄지발가락과 새끼발가락,
그리고 다른 발가락들을 차례대로 인식한 후 발가락
사이의 공간과 발톱, 발끝을 느낀다. 그 후 발등,
발꿈치, 발바닥 방향으로 거슬러 내려온다.
이 방법을 완전히 파악하고 나면, 신경이 아주
곤두선 날이라도 크게 걱정할 것 없게 된다.
우리에게는 두 개의 발이 있으니까.

37

**저항할수록
얽매인다**

아직도 내가 화를 잘 내는 사람이라는 사실을
받아들이기가 쉽지 않다. 나는 화가 나면
즉각적으로 그 감정을 부정하고 본다. 오늘도
직장에서 자신이 하지 않은 일로 공치사를 듣는
동료를 보면서 깊은 분노를 느꼈다. 분노는 내가
행복한 감정을 느끼는 데 치명적이기 때문에, 그럴
때면 마음을 가라앉히기 위해 따르는 방법이 있다.

우선 분노를 느끼는 것이 결코 나쁜 일이 아님을
인지하는 것이다. 무언가에 불편함을 느끼고
있다는 징후이다. 자신이 화가 나 있다는 것을 모른
척할 때 상황은 더욱 악화된다. 저항할수록 더욱

얽매이게 되는 것이다. 그래서 요즘 나는 분노를
받아들이려고 노력할 뿐 아니라 이 언짢은 감정을
반드시 상대하고 넘어가야 할 하나의 인격체로
여긴다.

분노를 상대하는 또 다른 방법으로는 호흡법이
있다. 분노가 희미해질 때까지 천천히 심호흡을
계속한 후 어느 정도 진정이 되면 내가 왜 이런
감정을 경험했는지 원인을 분석한다. 내가 분노를
느끼는 이유는 대체로 어떤 일이 부당하다고
느끼거나 삶이 불공평하다는 생각이 들 때이다.
하지만 부당하지 않고 불공평하지 않은 삶이
있을까. 그저 현실을 수용하는 것 외에는 달리
방도가 없다.

분노를 받아들이고 그 원인을 추적해나가는 과정은
시간과 노력이 필요한, 결코 쉽지 않은 도전이다.

그러나 늘 그렇듯 분노를 묵살하고는 후폭풍처럼
불안감에 시달렸던 것을 생각해보면 앞으로도
마땅히 계속해야 할 도전이다.

38

**베이킹이
부리는
마술**

80년대 유행곡을 들어놓고 – 오늘의 선곡은
Abba였다 – 집 안에서 뒹굴며 케이크나 굽고 싶은
11월의 어느 우울한 하루였다.

사실, 케이크를 굽지 말아야 할 이유는 이렇게나
많다.

- 가족 중 케이크를 먹는 사람은 나뿐이다.
- 뱃살의 주범이다.
- 설탕을 섭취하면 가슴이 뛰고 마음이 불안해진다.
- 내가 만든 케이크는 보기 좋게 부풀어 오르지
  않는다.

그러나 가끔씩은 하고 싶은 일을 무작정 하는 것도
삶에 활력을 준다. 나는 베이킹을 할 때면 항상
기분이 좋아진다. 그래서 오늘은 커피호두 케이크에
도전했다. 놀랍게도 이번에는 엄청 멋지게 부풀어
올랐다.

베이킹이 재밌게 느껴지는 이유 중 하나는 아마도
요리와는 달리 필요에 의한 일이 아니기 때문일
것이다. 베이킹은 말 그대로 무언가를 손수 만드는
기쁨 속에서 성취감을 찾을 수 있는 일이다. 또한
베이킹은, 내게 평화를 가져다주는 여러 취미
활동처럼 내 감각에 충실할 수 있는 활동이다.
설탕과 버터를 섞어 케이크 위에 올릴 크림을 만들
때 온몸의 감각이 되살아나는 경험을 하며 다시금
깨달았다.

하지만 그 어떤 것보다 베이킹이 좋은 이유는,

우리가 마음껏 재미를 누려도 되는 시간이자
놀이이기 때문이다. 또한 베이킹은 사랑과 축하의
상징이다. 세례식, 생일, 결혼식 등 인생의 중요한
순간은 케이크로 기념한다. 어린 시절의 내
생일케이크를 아직도 기억하고 있다. 내가 만들어준
케이크가 훗날 우리 아이들의 기억 속에도 남길
바란다.

39

**거위가
장거리 비행을
할 수 있는 이유**

이번 주 언젠가, 쌀쌀한 초저녁 하늘 위로 석양이
내려앉았을 때 따뜻한 곳을 찾아 떠나는 거위 떼를
보았다.

자전거를 타는 사람들 사이에서 앞서 나가는
선두그룹처럼 거위는 V자 편대를 지어 비행에 따른
부담을 줄인다. 한 팀을 이뤄 교대로 선두자리를
교체하기 때문에 장거리 비행을 지속할 수 있다.
꽥꽥거리는 울음은 제일 앞에서 날고 있는 선두를
응원하는 소리이다. 무리 중 한 마리가 아프거나
부상을 입어 비행을 멈춰야 할 땐 다른 거위 두
마리가 곁을 지키며 다시 날 수 있을 때까지

함께한다.

내 세대는 독립심을 중요시하는 가르침 속에서
자랐다. 그러나 사람은 서로 의지할 때 친밀한
관계가 형성되고 강력한 유대감이 쌓인다. 나는
타인의 도움을 수용하는 동시에 내 의무를 그들에게
전가하지 않는 법을, 기회가 닿으면 나 역시
타인에게 도움의 손길을 내미는 법을 배워나가고
있다. 우리가 거위처럼만 살아갈 수 있다면. 다함께
정말 먼 곳까지 닿을 수 있을 것 같다.

겨울

12월 · 1월 · 2월

겨울의 추위가 심할수록
이듬해 봄의 나뭇잎은 한층 더 푸르다.

- 벤자민 프랭클린 Benjamin Franklin**, 정치가 겸 철학자**

40

내 마음을
힘들게 하는
궂은 날씨

추운 날씨, 암울한 풍경, 짧아진 해, 줄어든 일조량과 함께 겨울이 찾아왔다. 지난 몇 주간 내내 하늘이 흐렸다. 다른 이들에게도 그렇듯 궂은 날씨는 내 안에서 부정적인 감정을 불러일으켜서, 이맘때면 항상 우울함이 극에 달한다.

에밀리 디킨슨Emily Dickinson의 시를 읽으며 인간도 자연도 항상 아름다울 수만은 없다는 사실을 되새겼다.

하늘은 낮고 구름은 짓궂다.

부유하는 눈송이는

헛간 너머로 혹은 길에 새겨진 바퀴자국 위로

189

어찌해야 할 바를 모른다.

성난 바람은 하루 종일 불평을 토해내는데

그 누가 바람을 이리 만들었는가

우리와 다르지 않게 자연도

위대한 왕관을 잃을 때가 있을지어니

디킨슨은 인간 내면의 날씨와 바깥 날씨의 밀접한
연관성에 주목했다. 우울한 계절을 배경으로 하고
있음에도 눈송이가 '헛간 너머로 길에 새겨진
바퀴자국 위로' 우왕좌왕 한다고 그런 구절이나
성난 바람을 두고 '하루 종일 불평을 토해내는'
모습이라고 재밌게 표현한 부분이 특히나 좋다.
아무리 어둡고 힘든 시기라도 마음만 먹는다면
미소를 지을 여유를 찾을 수 있고 가라앉은
분위기를 환기시킬 수 있다는 점을 시사하고 있다.

자연이 화려한 왕관을 잃는 어두운 계절이 있듯이

우리도 유난히 힘든 날들이 있다. 자연에게도
인간에게도 아주 자연스러운 현상일 뿐더러
무엇보다 곧 지나가는 일시적 현상일 뿐이다.

41

**행위하는
인간이 아니라
존재하는
인간**

크리스마스가 다가오면 사람들은 평소보다 더욱
바빠진다. 여태껏 나도 예외는 아니었다. 하지만
올해는 광기 어린 축제 분위기에 휩쓸리지 않고,
느긋하게 연말을 즐기겠노라 마음먹었다. 그러기
위해서는 우리가 존재하는 인간human beings임을,
고요한 시간이 필요한 존재임을 깨달아야 한다.
행위하는 인간human doings이 되지 않도록 경계해야
한다.
우리가 스스로를 재정비하고 재충전하는 데는,
우리 내면을 깊이 들여다보고 사색하는 데는 고작
한 시간이면 된다. 다급히 처리해야 할 일이 없고
쫓기듯 가야 할 약속이 없는 단 한 시간의 여유면

충분하다.

그러나 그 짧은 시간을 만들기가 어렵다. 앞서
다뤘던 무언가를 놓치는 두려움이 일부 작용했을
것이다. 즉각적으로 의사소통을 하고 24시간
내내 업무를 봐야 하는 디지털 세상을 살아가는
탓에 삶의 속도를 늦추고 여유를 찾는 것이 더욱
힘들어지기도 했다. 어쩌면 우리가 시간의 개념을
제대로 이해하지 못한 탓일 수도 있다.

캐나다 작가인 칼 오너리Carl Honoré는 동양권에서는
시간을 순환하는 개념으로 인식하고 하나의
큰 원으로 느리게 흘러간다고 여기는 데 반해
서양권에서는 시간을 선형적이고 사라져버리는
한정적 자원이라고 생각한다고 했다. 어쩌면 이
때문에 우리는 뭐든지 빨리빨리 해야 한다고
생각하는 것인지도 모른다. 빨리하는 것이 더

훌륭한 것이고 더 영리하고 더 성공적이며 더
효율적이라고 보는 것이다. 느림은 낡고 게으르며
아무런 의욕이 없는 것으로 해석된다.

나는 내 삶의 템포를 느리게 하고자 타인의 초대나
부탁에 거절할 때에는 구구절절한 이유를 대지
않는 편이 훨씬 낫다는 것을 깨달았다. 내 다이어리
한편에 써놓은 '존재하는 시간'에 대해 누구에게도
해명해야 할 의무는 없다. 덕분에 올해 크리스마스
시즌은 더욱 행복해졌다.

42

**초조한 마음을
가라앉히는
나만의 비밀 호흡법**

연말 학예회가 있는 날이다.

이해하기 어려울 수도 있지만 부모들은 아이들이
무대에 오른 모습을 보면 감정이 격해지곤 한다.
감정을 마음껏 표출해도 괜찮은 상황도 있지만
이 순간만큼은 나는 품위 있는 관중으로 남고
싶다. 그러나 가족 중 심히 걱정되는 사람이 한 명
있었는데, 아니나 다를까, 그는 제발 진정하라는
나의 간절한 부탁에도 불구하고, 잔뜩 긴장한
얼굴로 무대에 올라가 있는 열한 살 난 아이에게
열정적으로 손을 흔들며 자신의 존재를 알렸다.
때문에 나는 앞서 언급한 사내(누구를 말하는지
본인은 알 것이다)에게 느낀 분노와 엄마로서

뿌듯한 마음에 터지려는 눈물을 잠재우기 위해 '한 손가락으로 코 막기 기술'을 썼다. 이번 공연에서 딸아이는 〈요셉Joseph〉에 나오는 이집트 댄서 역을 맡았는데, 짙은 남색 의상 위로 금색 띠를 두른 모습이 무척이나 사랑스러웠다.

이 코 막기 기술은 강렬한 감정에 사로잡힌 순간 마음을 가라앉히는 데 효과적일 뿐 아니라 3단계 호흡법보다 빠르고 다른 사람에게도 들키지 않는 방법이다. 공연 시작 전이면 과호흡에 시달리는 사람이 있다는 이야기를 들었는데, 나는 다행히 이 비밀 호흡법 덕분에 무사히 버틸 수 있었다.

아무도 모르게 손을 얼굴에 갖다 대고 손가락으로 한쪽 코를 막는다. 다른 한쪽 코로만 숨을 쉬는 것이다. 아주 간단한 방법이지만 효과는 대단하다. 호흡량이 반으로 줄어든 덕분에 체내 혈압이

낮아지고, 투쟁 도피 반응이 아닌 이완 반응을
이끌어내어 신체가 휴식 상태에 접어든다.

절대로 실패한 적이 없는 이 기술은 오늘 밤에도
역시 잘 먹혔다. 주변 사람들 몇몇이 눈물을 보이는
와중에도 나는 태연함을 유지했다. 물론 손이
터져나가라 박수를 치다가 연극이 끝나는 순간
참지 못하고 벌떡 일어나 기립박수 행렬에 동참하긴
했지만.

43

**부정적인 마음에서
벗어나게 해주는
홀트**

크리스마스에는 가족이나 친구들과 시간을 보내는
일이 많다. 그런 모임은 우리에게 커다란 행복과
즐거움을 주지만 심리적 부담감이 심해지기도 한다.
오늘은 특히나 그랬다. 심한 스트레스를 느끼는
순간들이 와르르 밀려들었다.

내 반응을 통제하고 조절할 수 있게 해주는
홀트HALT(아래에 나올 단어의 앞글자를 따서 만든
용어로, halt는 '멈추다, 중단하다'라는 뜻이 있다-옮긴이)
테크닉에 고마워지는 순간이다. 성급한 대응으로
상황을 악화시킬 것만 같을 때 배가 고픈지Hungry,
화가 난 것인지Angry, 외로움을 느끼거나Lonely,

피곤한 것은 아닌지Tired 내 상태를 점검한다. 충동적인 행동을 저지르고 더욱 스트레스를 받게 될 상황을 만들기 전, 잠시 멈추어 네 가지 컨디션을 하나씩 대입해본다. 그리고 내 신체적, 정서적 상태를 판단한 후 그에 따라 처방을 내리는 것이다.

만약 허기를 느끼는 상태라면 바나나를 먹는다. 혈액순환에 좋은 바나나에는 포도당이 함유되어 있어 뇌의 활동을 촉진시키는 효과도 있다. 다음으로 분노로 판단력이 흐려진 것은 아닌지 생각해본다. 배가 고파서 신경이 예민해지고 화가 날 때도 있기 때문이다. 바로 신조어인 '행그리hangry' 상태이다. ('행거hanger'는 아이들이 학교를 마치고 돌아왔을 때나 퇴근하고 집에 돌아온 배우자에게서도 자주 찾아볼 수 있다.) 홀트 테크닉의 장점 중 하나는 동시다발적으로 찾아오는 각기 다른 감정을 제대로 파악할 수 있게 해준다는 것이다.

외로움을 느낄 때는 각별한 노력을 기울여야 한다.
혼자 있고 싶은 충동을 떨치고 다른 사람들과
어울려야 한다. 그러기 어려운 상황이라면 스스로
자신에게 가장 친한 친구가 되어준다.
마지막으로 혹시 피곤한 건 아닌지 살펴보고, 만약
그렇다면 잠시 휴식을 취할 수 있는 상황인지
스스로에게 물어본다.

부정적인 감정에 빠졌을 때 나는 한 걸음 뒤로
물러나 자성의 시간을 가진 후 더 멀리 나아갈
원동력을 얻는다. 당신에게도 이 방법이 도움이
되었으면 좋겠다. 불어로는 'Reculer pour mieux
sauter' 2보 전진을 위한 1보 후퇴를 의미하는
말이다.

44

사이코바이오틱스를
섭취해볼 것

새해를 맞이하며 다이어트를 해야 한다는 생각을
떨칠 수 없었다. 그동안 수많은 다이어트를
시도했지만 한 번도 성공하지 못했다. 때문에
올해는 새로운 걸 시도해볼 생각이다.

체중을 줄이겠다는 목표에서 벗어나 심리적 균형을
찾아주는 음식을 섭취하고, 내 감정을 교란시키는
음식들, 특히나 스트레스를 받을 때면 찾게 되는
초콜릿 같은 식품은 최대한 배제하려고 마음먹었다.
내 담당의가 '행복한 음식'이라고 말하는 식품을
섭취할 때 기분이 나아지는 경험을 했다. 생선,
살코기, 녹색 채소류가 여기에 속한다.

음식으로 감정을 조절하는 새로운 방법을 시도하며 '유익 박테리아'와 이 박테리아를 함유한 식품의 중요성을 깨달았다. 수십 년간 의약품과 가축 사육에 쓰인 항생제는 몸속의 나쁜 박테리아뿐 아니라 좋은 박테리아까지 감소시킨다. 때문에 체내 좋은 박테리아를 증가시키는 것이 중요하다. 좋은 박테리아는 평온하고 행복한 삶을 유지하는 데 필요한 세로토닌과 도파민을 생성해 정서에 긍정적인 영향을 미치고 신진대사를 촉진한다.

이것이 바로 미생물치고 상당히 멋진 이름을 지닌 사이코바이오틱스가 등장한 배경이다. 몇몇 전문가에 따르면 사이코바이오틱스를 적절히 섭취하면 기분이 나아지는 효과가 있다고 한다. 행복감을 주는 신경전달물질인 세로토닌의 90%는 체내 위장기관에서 만들어진다. 소화관gut은 감정을 처리하는 대뇌변연계와 연결되어 있으니, '직감gut feeling'이라는 말이 괜히 나온 것이 아니다. 이 사이코바이오틱스가 풍부한 식품 중 하나가 독일의 사우어크라우트sauerkraut(발효된 양배추)인데, 솔직히 말해 자주 챙겨 먹지는 않는다. 그래도 생요거트는 나와 잘 맞는다. 가끔은 보충제를 따로 섭취하는 속임수를 쓰기도 한다. 병에 웃는 얼굴을 그려넣어 좋은 박테리아가 나를 행복하게 만들어줄 거라고 주문을 외운다.

사이코바이오틱스는 내장에 서식하는 유익 박테리아의 식량 역할을 한다. 양파, 부추, 아티초크, 마늘, 아스파라거스에 많이 함유되어 있다. 결국 소화기관이 건강하게 작동해야 내 마음도 건강해질 수 있다.

45

**습관에서 벗어나
변화 체험하기**

의식적인 삶을 살겠다는 마음을 다잡고자 일상
속 루틴 바꾸기를 새해 목표로 정했다. 평소와는
다른 자리에 앉고 늘 가던 길이 아닌 새로운 길을
선택하는 것만으로도 이 세상이 얼마나 새롭게
보이는지 놀라울 정도였다. 명상 전문가들은 이런
변화를 '습관 벗어나기habit-releasers'라고 부른다. 최근
시도한 새로운 것에는 아래와 같은 것들이 있다.

- 영화를 미리 고르지 않고 영화관에 갔다.
- 방치되었던 컬러링 북과 색연필을 찾아 나비를
  색칠했다.
- 복싱을 배웠다.

- 몇 년 동안 연락하지 않았던 사람에게 전화를
  걸었다.

몇 가지의 변화만으로도 내가 살아 있음을 느꼈고
시각과 청각이 새로운 정보로 자극받는 경험을
했다.

습관 벗어나기는 아무런 생각 없이 선택을 하고
수년간 지속해온 행동을 반복하는 무의식적인
삶에서 벗어나는 계기가 되었다. 덕분에 하마터면
미팅에 늦을 뻔했지만 더욱 활기차고 즐거운 하루를
위해서라면 충분히 가치 있는 시도였다.

46

알코올,
끊겠다는
다짐

신년을 맞아 주변 친구와 지인들이 모두 술을
끊겠다는 다짐을 지키느라 고생이다. 그러나
내 경우 그런 다짐을 할 필요도 없다. 사실 나는
술을 거의 안 하는 편이라 1년 내내 금주기간이나
다름없다.

나도 와인 한두 잔이 주는 즐거움은 잘 알고 있다.
알코올은 무언가를 기념하고 축하할 때 자연스럽고
당연하게 함께하는 것이고, 긴 하루 끝에 쌓인
스트레스와 긴장을 풀어주는 친구이기도 하다. 나
역시 술을 삼가기 어려운 자리에서는 어쩔 수 없이
한 잔을 받아들곤 한다. 하지만 얼마 안 있어 아무도

모르게 슬쩍 잔을 내려놓거나 화분 속에 내용물을
버린다.

몇 년간의 경험 끝에 술이 내 정서에 좋지 않은
영향을 끼친다는 것을 배웠기 때문이다. 이미 10대
때 단 한 잔만으로도 말도 안 되는 소동을 벌인 적이
있다. 나같이 체구가 작은 사람이 취하는 데는 그리
많은 술이 필요하지 않았던 것이리라.

드물게 술을 마신 날에는 한밤중에 잠에서 깨
불안감에 휩싸인 채로 꼿꼿하게 앉아 있다.
알코올은 진정제 역할을 하기 때문에 술을 마신
후에는 기분이 다운된다. 처음에는 행복을 느끼게
해주는 뇌 속 신경전달물질의 수치가 높아지지만
술을 계속 마시다보면 결국 이 물질이 급격히
낮아진다. 이것을 알기에 파티에 참석해 마음이
긴장될 때는 웬만하면 와인 대신 호흡법을 활용하려

한다.

신년이 되어 여러 가지 다짐을 했지만 따르기
어려운 것도 있다. 하지만 남들과 달리 금주는 내게
크게 힘든 일이 아니었다. 반면 스마트폰 사용을
줄이는 건…

47

다함께
놀기

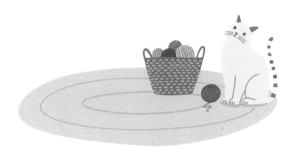

어둡고 습한 2월, 종일 집 안에 머물며 오락거리를
찾아내야만 하는 날이었다. 애들과 함께 내가
어렸을 때 하던 카드 게임, 레이싱 데몬Racing Demon을
하기로 했다.

가족이 함께 모여 게임을 하는 건 꽤나
오랜만이었다. 아이들이 어렸을 때는 우리가 개발한
'쿠킹 팟cooking pot'을 포함해 여러 가지 게임을
하며 하루 종일 놀기도 했었다. 꿀꿀이(아이들)를
잡아 요리냄비(소파)에 가두면 아이들이 도망치는
게임이었다.

최근에는 게임이 주는 즐거움에 눈을 떴다.
축구공을 차든, 보드게임을 하든, 게임을 하는
동안에는 완벽히 그 순간을 만끽하고 있다. 삶의
속도를 늦추려면 마음을 힘들게 하는 감정을
받아들이는 법을 배워야 한다. 그러나 '더욱'
중요하다고 착각하는 일에 매달리느라 놓치고 마는
삶의 유쾌한 순간들을 소중히 여길 줄 아는 것도
느린 삶을 위해 반드시 필요한 요소이다.

게임에 집중할 때면 아이들을 감싸는 평온함이
있다. 아이들은 시간의 개념을 전혀 의식하지 않고
게임을 하는 그 순간에 완벽히 몰입한다. 이럴
때만큼은 지혜란 반드시 윗세대에서 아랫세대로
전해지는 것만은 아닌 것 같다.

겨울 : 12월 1월 2월

48

60점
법칙

특히나 고된 1월을 보낸 친구가 우리 집에 방문했다.
나는 함께 차를 마시며 위안의 시간을 나눴다.
남편과 부부상담 카운슬러를 만나고 왔다고 했다.
친구 부부는 듣기 싫은 소리를 계속하는 양가
부모님과 감사할 줄 모르는 듯 보이는 아이들에게
시달리며 만족스럽지 않은 크리스마스 시즌을 보낸
탓에 굉장히 지쳐 있었다.

'90점이 안 되는 것 같아요.'

결혼 생활의 만족감을 묻는 카운슬러에게 친구는
이렇게 답했다.

'솔직히 말하면 80점이 안 될 겁니다.'

남편이 정정했다.

'70점에 가까울걸요. 아니, 오히려 60점 정도라고
말해야겠네요.'

친구가 덧붙이자 '네, 60점 정도가 맞겠어요.' 친구의
남편이 말했다. 두 사람은 카운슬러가 과연 어떤
말을 할지 궁금했다. '음,' 카운슬러는 천천히 입을
떼었다.

'60점이면 훌륭한걸요!'

이 이야기를 전해들은 후 '60점 법칙'이 내 기준이
되었다. 친구관계, 업무 프로젝트 혹은 인간관계에서
만족감이 60점 정도라면 나는 잘하고 있다는 뜻으로

여기게 되었다. 완벽함은 허상이지만 완벽함을
추구하는 우리의 모습은 실상이다. 그리고 이
과정에서 위험한 결과가 초래된다. 완벽주의뿐
아니라 그의 절친한 친구들 역시 조심해야 한다.
모 아니면 도라는 극단적인 생각, 일 중독, 실패에
대한 두려움, 타인의 말에 지나치게 민감한 반응을
보이는 것 같은 일들.

60점 법칙으로 완벽함에 대한 갈망을 없앨 수
있다면 이미 100점이나 다름없다.

49

**하루 15분
햇볕 쬐기**

이번 주에 한 혈액 검사에서 비타민 D가
부족하다는 결과가 나왔다.

영국인 대다수가 겨울에는 체내 적정 수준의 비타민
D가 부족하다. 햇볕을 통해 피부에서 비타민 D가
생성되는데, 겨울에는 해가 짧아져 햇볕에 노출되는
시간이 줄어들기 때문이다. 그 결과 우울감에
시달리게 된다.

대략 4월에서 10월 사이에는 자외선 차단제를
바르지 않고 15분간 햇볕을 쬐면 비타민 D를
보충하기엔 충분하다. 하지만 겨울철에는 중파장

자외선(UVB, 자외선B−옮긴이)이 충분치 않기 때문에 체내 저장된 비타민에 의존하거나 나름의 방법으로 보충하는 수밖에 없다.

물론 식품을 통해 비타민을 흡수하는 방법이 가장 이상적이다. 기름기가 많은 생선류, 달걀과 몇몇 아침식사용 시리얼에는 비타민 D2가 포함되어 있다. 그러나 보충제를 더해 부족한 성분을 더 채워주는 것이 좋다.

햇볕에 노출되었을 때 피부에서 합성하는 비타민이 바로 비타민 D3인데 나는 알약으로 섭취하고 있다. 과다복용 또한 좋을 게 없으므로 의사와의 상담 후 정량을 복용해야 한다.

이맘때면 가끔씩 내가 제일 좋아하는 찻잔에 핫 초콜릿을 따라 알약과 함께 넘긴다. 다크

초콜릿이라면 세로토닌 수치를 높이는 데도 도움이

되니까, 두 배의 햇살을 삼키는 것과 같다.

50

무지갯빛
음식의
중요성

지난 며칠간 기침이 끊이지 않았다.
앓을 만큼 앓았다. 이제 건강해지기로 마음먹었다.
춥고 습한 날씨에도 최상의 컨디션을 유지하려면
어떻게 해야 할까? 정답은 무지개다.

프리미어리그 축구선수의 영양사로 일하는
여성에게서 배운 지혜다. 그녀는 운동선수들에게
최상의 건강 상태를 유지하기 위해서는 무지개
색깔별로 음식을 섭취해야 한다고 가르쳤다. 접시에
담긴 음식을 보면 건강을 알 수 있다. 스테이크와
감자튀김으로는 몸에 필요한 영양소를 충분히
섭취할 수 없다.

식물이 특정 색을 띠는 이유는 바이러스와
박테리아를 막는 파이토뉴트리언트라는 생리활성
물질 때문인데, 이 물질은 인간에게도 비슷한
작용을 한다.

흰 빵과 파스타 같은 '백색 식품'은 좋은 성분이
정제된 후라 영양가가 낮다. 스트레스를 받았을
때 우리의 뇌는 본능적으로 몸이 위험에 처해
있다고 판단하고, 포식자의 위협에서 방어하거나
벗어나고자 순간적인 힘을 끌어낼 수 있는 정제
탄수화물을 찾게 된다. 백색의 달콤한 음식을 먹고
싶을 때 이 사실을 유념하는 것이 내게 도움이
되었다.

요즘은 생기 넘치는 빛깔을 자랑하는 채소는 가리지
않고 섭취하려고 노력하고 있다. 어젯밤에는 비트와
브로콜리, 양배추를 먹었다. 핑크빛의 루바브와
오렌지로 완성된 화려한 색감의 푸딩은 잿빛 하늘과

헐벗은 나무를 견디는 데 최고의 처방전이었다.
끝나지 않을 것만 같은 회색빛 2월을 무사히 넘기기
위해서는 색색의 음식이 주는 즐거움을 사수해야만
한다.

이외에도 나는 더욱 의식적으로 음식을 섭취하기
위해 노력하고 있다. 한 입 먹을 때마다 눈으로
음식을 보고 향을 맡고 음미하고 질감을 느낀다.
귤이나 바나나의 껍질을 벗기기 전 혹은 레몬
껍질을 강판에 갈아 제스트를 만들기 전 자연의
위대한 포장 기술에 감탄한다.
아직 판단하긴 이르지만 다행스럽게도 기침이 빠른
속도로 나아지고 있는 것 같다.

51

**의식적인 삶을
살게 하는
명상의 힘**

흩날리는 눈발로 도시가 하얗게 뒤덮이고, 잠시나마
고요함에 파묻혔다. 명상을 하기에 완벽한
순간이었다.

하루에 30분에서 40분 정도 명상을 하면 뇌에서
감정을 처리하는 영역이 발달한다. 개인의 관점과
감정이입, 연민을 느끼는 부위에도 같은 작용을
한다. 나처럼 한번에 너무 많은 일을 처리하는
성격이라 결국 아무것도 제대로 즐기지 못하는
사람에게 명상은 특히나 효과가 좋다.

'너무 바쁘지 않다면 매일 20분씩 앉아서 명상을

해야 한다. 그 후에는 한 시간씩 명상을 해야 한다'는 말이 있다. 명상을 하면 더욱 의식적이고 매순간에 몰입하는 삶을 살아나갈 수 있다. 내가 말하는 의식적인 삶이란 현재 벌어지는 일을 있는 그대로 받아들인다는 의미이다. 아직 내가 도달하지 못한 지점이기도 하다. 처음 명상을 시도했을 때는 가만히 앉아 있는 것만으로도 너무 힘들었고, 내가 명상이란 것을 제대로 하고 있는 것인지도 확실치 않았다. 때문에 오히려 스트레스를 받기도 했다.

이후 '명상'이란 단어를 '호흡'으로 바꾸자 수행이 그리 부담스럽게 느껴지지 않았고 변화가 찾아왔다. 누구나 숨을 쉰다. 누구나 명상을 한다.

지금은 '호흡 시간'이라 이름 붙인 30분 남짓의 시간적, 공간적 여유를 만들어내는 것이 행복할 정도이다. 호흡 시간을 위해 나는 조용한 곳을 찾아

스마트폰의 전원을 끈다. 호흡에 집중하며 그 어떤
비판이나 사견 없이 마음속에 떠오르는 생각을
그대로 받아들인다. 가장 중요한 것은 무언가를
바꾸거나 통제하려 들지 않아야 한다는 것이다.
우울할수록 명심해야 하는 사항이다. 그래야
부정적인 감정에 취하지 않고 이겨낼 수 있다.

아무래도 명상하는 법을 깨우친 것 같다.

52

모두의 삶을
풍요롭게 하는
아주 작은 선행

아이들 자전거 중 바구니 한 곳에 쌓인 눅눅한 잡지와 오래된 주스팩을 버렸다. 내가 정리했다고 말하지 않을 생각이기에 아이들은 누구의 작품인지 모를 것이다. 내가 한 일로 공치사를 하기 좋아하는 성격이라 사소한 선행마저도 – 지난주만 해도 수북이 쌓여 있는 양말의 짝을 맞춰 정리하는 선행을 베풀었다 – 좀처럼 비밀로 묻어두는 경우가 적지만, 아무도 모르게 좋은 일을 할 때 마음이 더욱 평화로워진다. 내가 한 일은 '역사에 기록되지 않는 행위'였다.

소설가 조지 엘리엇George Eliot이 쓴 〈미들

마치Middlemarch〉의 마지막 부분에 등장하는 문장은 문학 사상 가장 유명한 대목 중 하나로 꼽힌다. 작품 속 도로시아Dorothea가 죽은 후 엘리엇은 도로시아가 주변 사람들에게 끼친 영향에 대해 떠올리며 아무도 모를 작은 선행들, 사소하지만 값어치를 매기기 어려울 정도로 가치 있고 수많은 이의 행복에 이바지한 그녀의 선행을 되새기는 대목이다.

'세상이 조금씩 나은 곳으로 발전하는 것은 역사에 기록되지 않은 작은 행위들 덕분이기도 하다. 더 안 좋았을 법한 상황 속에서도 나와 당신이 그다지 큰 어려움을 느끼지 않았던 이유는 보이지 않은 곳에서 충실히 자신의 삶을 살았고 이제는 아무도 찾지 않는 묘지 뒤에서 잠들어 있는 사람들 덕분이다.'

그런 행위들은 비록 세상에 널리 알려지지 않더라도 작은 선행을 제공받은 당사자들에게는 세상 그 어떤 것보다 큰 무게로 다가오는 것들이다.

에
필
로
그

구름 위를 걷는
행복을 만나기 위해서는
늘 나에게 다정할 것

평온하고 행복한 삶을 이루겠다는 목표를 향해
나아가는 동안 많은 사람들에게서 큰 도움을
받았다. 그 도움에 힘입어 나는 감히 이 책을 집필할
결심을 했다.

그리고 나 자신의 목소리를 찾는 과정 또한 나에게
아주 큰 힘이 되었다. 우리는 자라면서 부모님의
가르침을 의심해야 하는 순간을 맞이한다. 어렸을
때는 부모님의 신념을 따르는 것이 자연스러운
일이지만 성장할수록 우리의 길을 막는 방해물이
되기도 한다.

내 안에서 시끄럽게 울리며 나를 괴롭히는 친구,
선생님, 친인척, 동료, 그리고 배우자의 목소리를

가려내는 것이 중요하다. 사랑이라는 강렬한 감정은
우리 머릿속에 새로운 목소리를 하나 심어놓는다.

카운슬러나 테라피스트와 건설적인 인간관계를
형성하다보면 우리의 마음에 긍정적인 목소리가
탄생하지만 역시 주의해야 한다. 새롭게 들려오는
이 목소리가 힘든 시기를 이겨나가는 데 도움이
되겠지만 그래도 나 자신만의 목소리를 찾아
단단하게 만들어나가는 것이 가장 중요하다.

앞으로 자신의 머릿속에서 이런저런 의견을
말하고 어떤 길로 나아가야 하는지 가르치려 드는
목소리가 들려올 때 누구의 목소리인지 가려낼 줄
알아야 한다. 시간과 여유를 갖고 자신의 진정한
목소리를 찾아내야 한다. 나는 주변 사람들에게
성급하게 조언을 구하는 것을 무척 경계한다. 어떤
선택을 내려야 하는 순간마다 타인에게 의존하던

때도 있었다. 그러고는 결과가 만족스럽지 않자 얼토당토않게 내게 조언을 건넨 사람들에게 짜증을 부렸었다.

내게 무엇이 중요한가는 누구보다 내가 잘 알고 있다는 확신을 갖기 위해 노력한다. 행복에 이르는 52가지의 소소한 방법을 매번 따르지 못한다 해도 말이다. 구름 위를 걷는 행복을 찾기 위한 당신의 비법이 무엇인지 듣고 싶다. 트위터 @RachelKellyNet, 해시태그#smallsteps2happiness, www.rachel-kelly.net 으로 당신의 이야기를 들려주길 바란다.

추신. 다시 전과 같아졌다면

아마도 행복을 찾아 떠난 여정 중간에서 포기했을 확률이 높다. 참선에 대한 욕구가 사라졌을 것이다.

명상과 홀트 테크닉이 지긋지긋해지고, 그저
상대방에게 소리치고 싶은 마음을 참을 수 없었을
것이다. 현재의 순간에 집중하는 대신, 친구 한 명이
최근 내게 말했던 것처럼 '한번에 너무 다양한 순간에
휩싸였을' 것이다.

이런 상황 속에서 나는 스스로를 질책하지 않으려고
노력한다. 내 자신이 어린아이라고 상상하며 다정하고
너그러운 마음으로 나와 이야기를 나누기도 한다.

자기 자신에게 친절하고 연민을 느낄 줄 아는 것은
삶을 의식적으로 살겠다는 다짐과 새로운 태도로
변화를 이끌겠다는 목표만큼 중요한 일이다.

여정을 계속하길 바란다. 당신은 이미 그 자체로도
충분히 훌륭한 존재이다.